JN242626

100nen-meisaku

100年後《ねんご》も読《よ》まれる名作《めいさく》⑧

小公女《しょうこうじょ》セーラ

作／F・H・バーネット　編訳／久美沙織
絵／水谷はつな　監修／坪田信貴

登《とう》場《じょう》人《じん》物《ぶつ》紹《しょう》介《かい》

セーラ・クルー

インド育《そだ》ちのおじょうさま。
夢《ゆめ》見《み》がちで、本《ほん》が大《だい》好《す》き！
イギリスの女《じょ》学《がっ》校《こう》にあずけられる。

パパ（クルー大尉《たいい》）

大金《おおがね》持《も》ちの軍人《ぐんじん》さん。
やさしくてハンサム。

アーメンガード

セーラの同級生《どうきゅうせい》。
フランス語《ご》がにがて。

ベッキー

学校《がっこう》の使用人《しようにん》。
いちばんの下《した》っぱ。

ミンチン先生《せんせい》

校長先生《こうちょうせんせい》。
セーラをにくんでる。

ロッティ

まだ４歳《さい》の生徒《せいと》。
ママがいない。

ラビニア

セーラをライバル視《し》
する同級生《どうきゅうせい》。

カリスフォードさん

おとなりの大富豪《だいふごう》。
パパのことを知《し》ってる？

カーマイクルさん

カリスフォードさんの
弁護士《べんごし》。

ラム・ダス

サルをつれた
インドの人《ひと》。

もくじ

1 ロンドン

さむい冬《ふゆ》の日《ひ》。ロンドンの町《まち》を、一台《だい》の馬車《ばしゃ》が走《はし》っていました。乗《の》っているのは、父親《ちちおや》と娘《むすめ》です。

女《おんな》の子《こ》の名前《なまえ》は**セーラ・クルー**。七歳《さい》になります。

セーラは窓《まど》から、外《そと》をながめていました。

石畳《いしだたみ》の大通《おおどお》り、昼《ひる》なのについているガス灯《とう》、せかせか歩《ある》く町《まち》のひとたち。そして、このぶあつい灰色《はいいろ》の霧《きり》。

（うす暗《ぐら》い町《まち》……おうちとは大《おお》ちがい……）

親子《おやこ》は、インドから海《うみ》をこえて長旅《ながたび》をして、青空《あおぞら》の見《み》えないこの

大都会《だいとかい》に、ついたところでした。**父親《ちちおや》**はイギリス軍《ぐん》の**大尉《たいい》**です。母親《ははおや》が早《はや》く亡《な》くなったので、親子《おやこ》ふたりきり、しあわせにくらしてきました。

けれど、イギリス人《じん》のおじょうさまは、年《とし》ごろになったら、本国《ほんごく》の学校《がっこう》に行《い》かなくてはならないのです。

「パパ」

セーラは、からだをすりよせて、

ささやきました。

「なんだい、セーラ？」

大尉《たいい》は娘《むすめ》をだきよせて、顔《かお》をのぞきこみました。

「パパもいっしょに学校《がっこう》に入《はい》ってくれたらいいのに」

「ざんねんだけれど、ぼくは女学校《じょがっこう》の生徒《せいと》にはなれないよ。だいじょうぶ。きっとすぐ、お友《とも》だちができるさ！」

あかるく言《い》いながら、キスの雨《あめ》をふらせました。ほんとうは、パパも、セーラとわかれるのがつらいのです。

「本《ほん》をたくさん送《おく》ってあげよう。毎週《まいしゅう》、手紙《てがみ》を書《か》くよ。ぼくの『小《ちい》さなおくさん』に。やくそくする」

「そうね。わたしもお手紙《てがみ》、いっぱい書《か》くわ！　パパに、いつでも、なんでも、お話《はな》ししてきたみたいに」

馬車《ばしゃ》がとまったのは、大《おお》きなれんがづくりの建物《たてもの》の前《まえ》です。玄関《げんかん》ドアにしんちゅうの表札《ひょうさつ》がかかげられ、こうほりつけてありました。

『ミンチン女学校《じょがっこう》』

親子《おやこ》は手《て》をつないで階段《かいだん》をあがりました。よびりんを鳴《な》らすと、すぐに応接間《おうせつま》に案内《あんない》されました。

セーラは、顔《かお》をしかめました。壁《かべ》も家具《かぐ》もふるくて陰気《いんき》。おぎょうぎにうるさいおじいさんみたいです。

「わたし、いやだわ、この感《かん》じ。——でも、兵隊《へいたい》さんは、戦争《せんそう》に行《い》くとき、どんなにいやでも勇気《ゆうき》を出《だ》すのね」

「あっはっは！　やれやれ。まじめくさって、おもしろいことを言《い》う。そのおしゃべりが聞《き》けなくなるのは、さびしいな……」

セーラとおとうさまが小声《こごえ》で話《はな》していると、**校長《こうちょう》のミンチン先生《せんせい》**が入《はい》ってきました。

まあ、このお部屋《へや》そっくり、と、セーラは思《おも》いました。ただでさえ背《せ》が高《たか》いのに、背筋《せすじ》をぴんとのばして気《き》どっています。きびしそうなひとです。

「まあ、お美《うつく》しい、かしこそうなおじょうさまですこと」

先生《せんせい》は、つめたい魚《さかな》のような目《め》で作《つく》り笑《わら》いをしました。

（きれいですって？　金髪《きんぱつ》でも青《あお》い目《め》でもないわたしに。なぜ、そんな、うそを言《い》うの？）

いいえ、セーラは魅力的《みりょくてき》です。カールした黒髪《くろかみ》も、緑《みどり》の目《め》もすてきだし、りりしくて、かわいらしい顔《かお》をしています。

でも、ミンチン先生《せんせい》は、おべっかつかいでした。どこの親《おや》にもそうなのです。クルー大尉《たいい》はお金持《かねも》ちだと聞《き》いていたので、ふだん以《い》上《じょう》にごきげんとりをしたのでした。

「おじょうさまには**最高《さいこう》の個室《こしつ》**をご用意《ようい》しました。**特別《とくべつ》たいぐう**で、おあずかりしますわ！」

「おねがいします。勉強《べんきょう》についてはしんぱいいりません」

大尉《たいい》は娘《むすめ》をじまんに思《おも》う気持《きも》ちをかくしません。

「セーラは本《ほん》の虫《むし》です。おとなの本《ほん》でもぶあつい本《ほん》でも、フランス語《ご》もドイツ語《ご》も、すらすら読《よ》めます。勉強《べんきょう》より、なかよしを作《つく》ってください。インドではそばに子《こ》どもがいなくて、友《とも》だちができなかったのです」

「パパ、なかよしは作《つく》るものじゃなく、できるものよ。それに、わたしは**エミリー**とお友《とも》だちになれればいいの」

「エミリー？」先生《せんせい》が聞《き》きました。「どなたです？」

「これから買《か》いに行《い》くお人形《にんぎょう》です。父《ちち》が帰《かえ》ったら、お話《はなし》を聞《き》いてもらう相手《あいて》が、必要《ひつよう》なものですから」

「……よいお考《かんが》えですこと！　なんてかわいらしい！」

「まったくです」大尉《たいい》はセーラをだきよせました。「この子《こ》がねがうことは、どうか、なんでもかなえてやってください。ちょっとふうがわりなところもありますが、よい子《こ》です。どうかよろしくおねがいします」

2 おとうさまとのわかれ

親子《おやこ》は、何日《なんにち》かホテルでくらし、入学準備《にゅうがくじゅんび》のお買《か》い物《もの》をしました。

毛皮《けがわ》のコートやマフ。ビロードの服《ふく》、レースの服《ふく》、ししゅうの服《ふく》。最新流行《さいしんりゅうこう》のドレスは、セーラのサイズにぬいなおしてもらいました。帽子《ぼうし》や手《て》ぶくろ、くつ下《した》や下着《したぎ》やハンカチも、つぎつぎに買《か》いました。

こんなにどっさり買《か》うなんて、どこかのおひめさまかしら？　店《てん》員《いん》たちは、うらでささやきかわしました。

そして、セーラは、エミリーもさがしました。みつけだすまでに、

何十軒《なんじゅっけん》も店《みせ》をまわりました。

「エミリーは生《い》きているようでなくてはいけないの。わたしのお話《はなし》を、ちゃんと聞《き》いてくれなくちゃ」

とある小《ちい》さな店《みせ》のかざり窓《まど》をのぞきこんだとき、セーラは、おとうさまのうでにすがりつきました。

「パパ、エミリーだわ！　ほら、あそこに！」

それは、金色《きんいろ》の髪《かみ》でブルーのひとみの、とてもかわいらしい人形《にんぎょう》でした。エミリーも、セーラのことを待《ま》っていたようです。セーラがうでにだくと、いかにもうれしそうににっこりして見《み》えました。

とうとうセーラを学校《がっこう》にあずける日《ひ》になりました。おとうさまは、おわかれを言《い》うと、はなしたくない、というように、ギュッとだきしめました。ミンチン先生《せんせい》には、お金《かね》はいくらかかってもいいから、セーラののぞみはなんでもかなえてほしいとおねがいしました。

クルー大尉《たいい》の馬車《ばしゃ》が行《い》ってしまってしばらくしても、セーラは自《じ》分《ぶん》の部屋《へや》から出《で》てきません。ミンチン先生《せんせい》は、妹《いもうと》のミス・アメリアをようすを見《み》にやりました。

でも、セーラの部屋《へや》はなかからかぎがかかっていました。

「ひとりにしてください」と小《ちい》さな声《こえ》がしました。

ずんぐり太《ふと》った**アメリア**は、おとなしい、気《き》の小《ちい》さいひとです。子《こ》どもがおとなに歯《は》むかうなんて、と、おどろいて、さっそく姉《あね》のミンチン先生《せんせい》に報告《ほうこく》しました。

「あんなおませな子《こ》、見《み》たことありませんわ。めそめそ泣《な》きもしないんですよ」

「あまやかされて、なんでも好《す》きにしてきたんでしょう。ギャアギャアさわがないだけ、

マシというものです」

「おねえさん、あの子《こ》の部屋《へや》をごらんになった？　夢《ゆめ》のようにきれいよ。家具《かぐ》もカーテンもすてきで、ドレスもコートも数《かぞ》えきれない！　まるで王女《おうじょ》さまみたい」

「なら、日曜日《にちようび》に教会《きょうかい》に行《い》くとき、列《れつ》の先頭《せんとう》を歩《ある》いてもらいましょう。いい看板《かんばん》になるでしょう」

先生《せんせい》はつっけんどんに答《こた》えました。

なまいきなところが気《き》にくわないセーラですが、学校《がっこう》のおかざり生徒《せいと》にするには、ぴったりです。

3 新《しん》入《にゅう》生《せい》

いよいよ授業《じゅぎょう》がはじまる朝《あさ》がきました。

セーラは、フランス人《じん》メイドの**マリエット**に、したくを手伝《てつだ》ってもらいました。インドでは、ばあやがいたので、専用《せんよう》のお世話《せわ》がかりをつけてもらったのです。

紺色《こんいろ》の服《ふく》を着《き》て、髪《かみ》にリボンを結《むす》ぶと、準備《じゅんび》ができました。セーラは、エミリーをだんろの前《まえ》のいすにすわらせ、本《ほん》をひろげてやりました。

「エミリー、わたしは、教室《きょうしつ》に行《い》ってくるわね。これを読《よ》んで、お

ぎょうぎよく、待《ま》っていてちょうだい」

「おじょうさま……その子《こ》は本《ほん》を読《よ》むのですか？」

「そうよ」セーラはまじめくさって説明《せつめい》しました。「エミリーは生《い》きてるの。本《ほん》も読《よ》むし、歌《うた》ったりおどったりする。でも、だれもいないときだけね」

「まああ、おかしなおじょうさまですね！」

マリエットはコロコロ笑《わら》いました。こんなに小《ちい》さいのに、しっかりしていて、ことばづかいもていねいなおじょうさんのお世話《せわ》なら、楽《たの》しくできそうです。

「さあ時間《じかん》ですよ。いってらっしゃいませ」

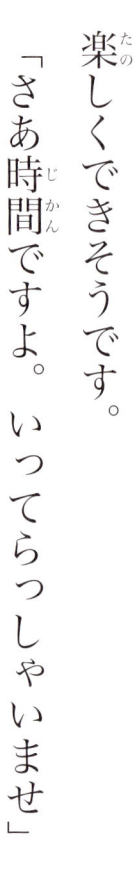

教室《きょうしつ》に入《はい》っていくとき、セーラは、おおぜいの生徒《せいと》たちにいっぺんに見《み》つめられました。

「見《み》て、あのくつ下《した》、絹《きぬ》じゃない？」

「かわいいくつ。あんなのほしい！」

「レースのペチコートだわ。ごうかねえ！」

うらやましそうな声《こえ》があちこちで聞《き》こえます。

けれども、いじわるく言《い》うひともいました。

「**な～んだ。ぜんぜん、きれいな子《こ》じゃないんだ**」

ラビニアです。十三歳《さい》のラビニアは、

美人《びじん》でここでは最年長《さいねんちょう》。家《いえ》がお金持《かねも》ちなのを、鼻《はな》にかけています。

ラビニアはとなりの席《せき》の**ジェシー**にえらそうに言《い》いました。

「うちもお金《かね》ならあるけど、子《こ》どもにぜいたくはさせない方針《ほうしん》なの。なにさ、あんな子《こ》。目《め》もへんな色《いろ》」

「そうかしら」ジェシーは言《い》いました。「きれいな緑色《みどりいろ》だわ。まつげだって、すごく長《なが》いし」

ラビニアがむきになって言《い》いかえそうとしたとき、ミンチン先生《せんせい》が入《はい》ってきて、ムチでつくえをたたきました。

「みなさん、セーラ・クルーさんをご紹介《しょうかい》します。なかよくしなさい。さて、一時間《じかん》めはフランス語《ご》です。これまでならったことを、おさらいしておきなさい」

セーラはわたされた本《ほん》をひらいて、目《め》をぱちくりさせました。「ル・ペール」が父《ちち》だとか、「ラ・メール」が母《はは》だとか、セーラは知《し》っていることばかり。フランス語《ご》をはじめる子《こ》ども向《む》けの絵本《えほん》のようです。

ミンチン先生《せんせい》はそれをするどく見《み》とがめました。

「どうかしたの。なにか気《き》に入《い》らないことでも？」

「すみません。これがわたしの教科書《きょうかしょ》なんですか？」

「まあ！　あなた、フランス語《ご》が読《よ》めないの？」

「いえ。……あの。この前《まえ》、父《ちち》が、たしか……」

フランス語《ご》はわかる、むずかしい本《ほん》も読《よ》めると、おつたえしたのに。先生《せんせい》、わすれちゃったの？　どう説明《せつめい》しよう。口《くち》ごもっていると、先生《せんせい》はこわい声《こえ》で言《い》いました。

「言《い》いわけはおやめ！　わたくしの教室《きょうしつ》でわがままはゆるしません！　口《くち》をとじて、本《ほん》を読《よ》みなさい！」

まもなくデュファルジュ先生《せんせい》がお見《み》えになりました。おしゃれで上品《じょうひん》なフランス紳士《しんし》です。

「おお、デュファルジュ先生《せんせい》！　この新入生《しんにゅうせい》ときたらフランス語《ご》を、ならいたくないと言《い》うのです！」

「**はじめまして**《アンシャンテ》」デュファルジュ先生《せんせい》はセーラにやさしく言《い》いました。「ごいっしょに、初歩《しょほ》から学《まな》びましょうね。なにもしんぱいいりませんよ」

セーラはほおを赤《あか》くして立《た》ちあがりました。気《き》がつくと、フランス語《ご》で、けんめいに説明《せつめい》していました。

「**先生**《ムッシュー》、わたしは、フランス語《ご》を正式《せいしき》にならったことはありません。でも、亡《な》くなった母《はは》がフランス人《じん》で、半分《はんぶん》フランス語《ご》でそだちました。読書《どくしょ》は大好《だいす》きです！　なんでもよろこんで勉強《べんきょう》します」

「**すばらしい**《トレビアン》**！**　なんと美《うつく》しいフランス語《ご》でしょう。まるでふるさとにいるようだ」

ミンチン先生《せんせい》は、顔《かお》をひくひくさせました。じつは、先生《せんせい》は、フランス語《ご》がにがてでした。だから、いつもツンツンいばって、ごまかしていたのです。

先生《せんせい》は、セーラをにくむようになりました。

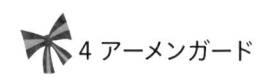

4 アーメンガード

休《やす》み時間《じかん》、セーラは、ちょっとぽっちゃりした生徒《せいと》に目《め》をとめました。ぽつんとひとりぼっち。おさげの金髪《きんぱつ》をモジモジいじって、青《あお》い目《め》を気弱《きよわ》そうにさまよわせています。セーラはその子《こ》に近《ちか》づいて、話《はな》しかけてみました。

「こんにちは。お名前《なまえ》なんておっしゃるの」

「わたし？　**アーメンガード・セント・ジョン**よ」

「まあ、すてき！　小説《しょうせつ》の主人公《ヒロイン》みたいなお名前《なまえ》ね！」

「そうかしら？　あなたのほうが、ずっとすてきだわ。フランス語《ご》、おじょうずなのね。うらやましい」

アーメンガードの青《あお》い目《め》にみるみる涙《なみだ》がうかびました。

「うちの父《ちち》は学者《がくしゃ》なの。自分《じぶん》ができるから娘《むすめ》もできるだろうって思《おも》いこんでる。でも、あたしは、ぜんぜんだめ。頭《あたま》がわるくて、授業《じゅぎょう》についていけないの」

「まあ。フランス語《ご》は、家《いえ》で話《はな》していたから自然《しぜん》とおぼえただけよ。……ね、あなた、エミリーを見《み》たくない？」

「エミリーって？　だぁれ？」

「紹介《しょうかい》するわ。わたしのお部屋《へや》にきて」

セーラはアーメンガードを二階《かい》の部屋《へや》につれていきました。ドアのまえで、くすくす笑《わら》うと、ひとさし指《ゆび》をたてて、アーメンガード

にささやきました。

「しーっ、しずかに！　さあ、そうっと行《い》くわよ。そして、パッとあけるの。**きっと、つかまえられるわ！**」

だれを、なぜ、つかまえるの？　わかりませんが、おもしろそうです。アーメンガードは、胸《むね》をどきどきさせました。セーラが、サッとドアをあけます。

部屋《へや》は、きれいにかたづいて、しいんとしていました。だんろには、とろとろ火《ひ》が燃《も》えていて、きれいなお人形《にんぎょう》が、本《ほん》を読《よ》むかっこうをして、すわっています。

「**ざんねん！**」セーラがくやしそうに言《い》いました。「いすにもどってるわ!!　エミリーって、すばしっこいの」

「エミリーって、あのすてきなお人形《にんぎょう》？　歩《ある》くの？」

「そうよ！　聞《き》いて」

セーラは話《はな》しました。マリエットにもした、あのお話《はなし》です。エミリーは、ほんとは歩《ある》いたりしゃべったりできる。だれかくると、ただのお人形《にんぎょう》にもどり……。

セーラは、とつぜん、だまりこみました。

「ど、どうしたの。——どこか痛《いた》いの？」

「だいじょうぶ」

いまにも涙《なみだ》がこぼれそうな顔《かお》をしているのに、セーラはひざにおでこをつけて、じっとこらえています。

「わたし、決《き》めたの。パパに会《あ》えなくてさびしくっても、兵隊《へいたい》さんみたいにがまんするって」

セーラはごしごしっと顔《かお》をこすって、笑《わら》いました。

「……ありがとう、聞《き》いてくれて。お人形《にんぎょう》の話《はなし》はね、そういう**つもり**ってことよ」

「つもり？　つまり、あなたが考《かんが》えたお話《はなし》なの？」

「そうよ。なにかのつもりになると、つらいことも、がまんしやす

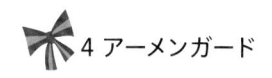

いから」

「……えらいのねえ！　あなたみたいなひと、はじめて。わたし、あなたが大好《だいす》きだわ。**お友《とも》だちにして**」

「ええ、わたしたち、お友《とも》だちになりましょう！」

5 ロッティ

セーラとなかよくしたがったのは、アーメンガードだけではありません。あかるく楽《たの》しいセーラは、たちまち、みんなの人気者《にんきもの》になりました。

おもしろくないのはラビニアです。学校《がっこう》の女王《じょおう》さまの座《ざ》をうばわれて、いばれなくなったからです。

セーラは、お金持《かねも》ちなことも、勉強《べんきょう》ができることも、少《すこ》しもいばりません。それに、セーラはおもしろいお話《はなし》をたくさん知《し》っていました。お話《はなし》をするのが、とてもじょうずなのです。だから、みんな、セーラにお話《はなし》をせがみました。小《ちい》さな生徒《せいと》はとくに。
学校《がっこう》でいちばん小《ちい》さいのは、四歳《さい》の**ロッティ**です。
母親《ははおや》を早《はや》くに亡《な》くした子《こ》で、みんなにあまやかされて、わがまま
にそだちました。なにか気《き》に入《い》らないと、すぐにわあわあ泣《な》いて、
大《おお》さわぎをします。
ある朝《あさ》、セーラが子《こ》ども部屋《べや》を通《とお》りかかると、先生《せんせい》とミス・アメ
リアが、ロッティにこまらされていました。
「なんだってそんなに泣《な》くんです！」
「おやめ。おねがい。いい子《こ》だから泣《な》かないで！」
しかってもなだめても、ロッティは聞《き》きわけません。いっそう

はげしい声《こえ》で、ぎゃあぎゃあと、泣《な》きさけぶばかり。とうとう、ミンチン先生《せんせい》がどなりました。

「いいかげんにしないと、ムチでぶちますよ！」

セーラは、たまらず、声《こえ》をかけました。

「あの、わたしが、かわってみてもいいですか？」

先生《せんせい》たちは大《おお》よろこびで後《あと》をおしつけて立《た》ちさりました。セーラはゆかにすわって、ロッティが落《お》ちつくのを待《ま》ちました。

子《こ》ども部屋《べや》に、ロッティの泣《な》きわめく声《こえ》だけがひびいていました。こんなに大声《おおごえ》で

さわいでるのに、ほったらかしにされてる。どうして？　ロッティは目《め》をあけました。

そこにいたのは大好《だいす》きなセーラでした。ロッティもセーラにきらわれたくはありません。でも、他《ほか》に方法《ほうほう》を知《し》らないので、また泣《な》きました。こんどは、あまり、声《こえ》に力《ちから》が入《はい》りませんでしたが。

「ママー！　ママがいない。いない、よー！」

すると、セーラが言《い》いました。

「わたしもよ」

「え」おどろきのあまり、声《こえ》も涙《なみだ》もひっこみました。「セーラも？　なのに、どうして、へいきなの？」

「だって感《かん》じるもの。あたたかな気配《けはい》やまなざしを。おかあさまは天国《てんごく》からときどき帰《かえ》ってきて、わたしたちを見《み》まもっていてくださるんじゃないかしら」

「ほんと？」

ロッティはきょろきょろとあたりを見《み》まわしました。セーラはロッティの手《て》をとって、やさしく笑《わら》いました。

「わたしがあなたのママだってつ、もりになってみない？　エミリーを妹《いもうと》にしたくない？」

「エミリーを妹《いもうと》に！　したい！」

ロッティははしゃいでよろこびました。

その日《ひ》からロッティは、泣《な》くのをがまんするようになりました。

だって、セーラ・ママがいるのですから。

6 ベッキー

ロンドンにきて、二年《ねん》の月日《つきひ》がたちました。

ある日《ひ》、セーラが外出《がいしゅつ》からもどって馬車《ばしゃ》をおりると、生徒《せいと》がワッとかけよってきました。外《そと》で遊《あそ》びながら、セーラの帰《かえ》りを待《ま》っていたのです。

「セーラ、セーラ、おかえりなさい！」

「お話《はな》しして！　人魚《にんぎょ》のお話《はなし》のつづき、聞《き》かせて！」

「バッグ持《も》たせて。まあ、かわいいバッグ！」

はしゃぎながら歩《ある》いていくとき、セーラはふと、だれかに見《み》られているのに気《き》がつきました。

階段《かいだん》のむこうに、女《おんな》の子《こ》がいます。台所《だいどころ》のメイドのようです。なにか言《い》いたそう。でも、セーラがにっこり笑《わら》うと、あわててかくれてしまいました。

「いまの、だぁれ？」

セーラがたずねても、生徒《せいと》たちは顔《かお》を見《み》あわせ、首《くび》をふるだけでした。

その日《ひ》の夕方《ゆうがた》。教室《きょうしつ》でセーラがみんなにお話《はなし》を聞《き》かせていると、あの子《こ》が入《はい》ってきました。

重《おも》たい道具箱《どうぐばこ》をだんろの前《まえ》において、ひざをついて灰《はい》をあつめています。それが終《お》わると、石炭《せきたん》をひとつずつ、指《ゆび》でつまんで、くべだしました。

セーラにはわかりました。うるさくしないよう、気《き》をつけている
だけじゃない。お話《はなし》を聞《き》きたくて、わざと、ゆっくり、そうじをし
ている。

セーラはその子《こ》にも聞《き》こえるように、話《はな》しました。海《うみ》の底《そこ》の、人《にん》
魚《ぎょ》の王子《おうじ》のふしぎな冒険物語《ぼうけんものがたり》を。

すると……**ガラガラガッシャーン!**

すごい音《おと》がしました。お話《はなし》にひきこまれて、その子《こ》が、持《も》ってい
たブラシを落《お》としてしまったのです。

「ヤだ。あの子《こ》、聞《き》いてたわ。メイドのくせに!」

ラビニアがいじわるく言《い》うと、その子《こ》は、大《おお》あわてで道具《どうぐ》をかき

あつめ、逃《に》げていきました。

「わたしは、あの子《こ》にも聞《き》いてほしかったのに」

「盗《ぬす》み聞《ぎ》きはどろぼうのはじまりよ。たちのわるいメイドには、きびしくしないとダメなのよ！」


その晩《ばん》、セーラはマリエットにたずねてみました。「だんろの火《ひ》をおこしにくる小《ちい》さい子《こ》は、だぁれ？」

「ああ、それは、**ベッキー**です。小《ちい》さく見《み》えますけど、十四歳《さい》なんですって。最近《さいきん》、やとわれたんですよ」

使用人《しようにん》のいちばん下《した》っぱは、言《い》いつけられたことはなんでもしなくてはなりません。石炭《せきたん》はこびも、くつみがきも、台所《だいどころ》そうじも、ぜんぶ、ベッキーの仕事《しごと》なのです。

（かわいそうなひと。わたしのお話《はなし》を聞《き》いていたせいで、しかられたんじゃないかしら）

セーラは気《き》になってしかたありませんでした。


それから二週間《しゅうかん》ほどたった午後《ごご》のことです。

セーラがダンスの練習《れんしゅう》からもどると、部屋《へや》にベッキーがいました。いすで眠《ねむ》りこんでいたのです。

（すごくつかれているのね。寝《ね》かせておいてあげたいけど、話《はなし》もしたいな。どうしよう）

そのとき、だんろの石炭《せきたん》の大《おお》きなかたまりが燃《も》えくずれて、音《おと》をたてました。

ベッキーは、はっと目《め》をあけ、息《いき》をのみました。

「**ああっ、お、おじょうさま！　すみません！**」

「いいのよ。こちらこそびっくりさせてごめんなさいね」

「おゆるしください。あんまりくたくたで、ここは、しずかで、あったかくて、ほっとして、――つい」

「ちっともかまわないわ。それより」

セーラはいたずらっぽく笑《わら》いました。

「お仕事《しごと》すんだの？　少《すこ》しぐらい、ここにいられる？」

ベッキーはぽかんとしました。

「怒《おこ》らないんですか。下働《したばたら》きのメイドが仕事《しごと》をさぼって、こんなりっぱないすで、かってに寝《ね》ていたのに」

「怒《おこ》ったりしないわ。あなたもわたしも、おなじ女《おんな》の子《こ》でしょう。わたしがわたしで、あなたじゃないのは、ただのぐうぜんよ。そうだ。タルトはいかが？」

きれいなお皿《さら》にならんだ、かわいらしいお菓子《かし》。ベッキーは、ひとつ口《くち》にして、ぽろぽろ涙《なみだ》をこぼしました。

「あまい。あまいです……おいしい、です……」

「よかった！　もっとどうぞ。いろいろたくさんあるから、ぜんぶとって。えんりょしないで」

ベッキーはやっとおどおどしなくなりました。

「わたし、前《まえ》に公女《こうじょ》さまを見《み》たことがあるんです。バラ色《いろ》の服《ふく》で、髪《かみ》に花《はな》をかざってました。おじょうさまは、あのときのあの公女《こうじょ》さまにそっくりです。公女《プリンセス》セーラ、ですね」

「まあ、ほんと？　これ、ダンスの衣装《いしょう》なのよ。こんど、公女《こうじょ》さまのつもりになってみようかしら」

「つもり、ですか？」

「そう。わたし、いつも、お話《はなし》に出《で》てくるひとのつもりになるの。あなたもお話《はなし》が好《す》きなのね？」

「はい、大好《だいす》きです！　おじょうさまのお話《はなし》が！」

「じゃあ、こんどから、この部屋《へや》で、あなただけに話《はな》すことにするわ。うまく時間《じかん》をあわせましょう」

ふたりはなかよしになりました。

7 ダイヤモンド鉱山《こうざん》

それからしばらくたったある日《ひ》のこと。インドからとどいたおとうさまからの手紙《てがみ》に、おどろくようなことが書《か》いてありました。

『友《とも》だちの土地《とち》に、ダイヤモンド鉱山《こうざん》がみつかった。採掘《さいくつ》の会社《かいしゃ》をいっしょにやろうと言《い》うんだ。彼《かれ》のことを、応援《おうえん》しようと思《おも》う』

ダイヤモンド鉱山《こうざん》！　アラビアン・ナイトみたい！

セーラはさっそく、アーメンガードや

ロッティに話《はな》しました。宝石《ほうせき》の鉱山《こうざん》がどんなものか、知《し》らないふたりのために、セーラは、絵《え》をかいて説明《せつめい》しました。壁《かべ》もゆかも天井《てんじょう》も、キラキラかがやく石《いし》だらけ。地下深《ちかふか》い洞窟《どうくつ》で、作業員《さぎょういん》が、つるはしをふるっています。

たちまち、学校《がっこう》じゅうがダイヤの話《はなし》でもちきりになりましたが、ラビニアは、ふん、と鼻《はな》で笑《わら》いました。

「ダイヤモンドはめずらしいから、お値段《ねだん》が高《たか》いのよ。山《やま》ほどあるなんて、おかしいじゃない」

「けど」とジェシー。「もし、ほんとなら、セーラは目《め》もくらむほどの財産《ざいさん》を持《も》つってことだよね。あの子《こ》、最近《さいきん》では、公女《こうじょ》さまのつもりなんだって」

「セーラなら、たとえ宿《やど》なしになったって、心《こころ》は公女《こうじょ》だって言《い》うでしょう。そう呼《よ》んでやりましょうか？」

ラビニアはイヤミのつもりでしたが、みんなはすてきなあだなだと思《おも》ったので、『公女《プリンセス》セーラ』と呼《よ》びました。

ミンチン先生《せんせい》までそうしたのは、公女《こうじょ》さまがいるなら、自分《じぶん》の学《がっ》校《こう》が貴族《きぞく》の学校《がっこう》みたいになるからです。

つぎにとどいたお手紙《てがみ》は、セーラを不安《ふあん》にさせました。

『ダイヤモンド鉱山《こうざん》の事業《じぎょう》が思《おも》ったようりうまくいかない。おまけに、へんな熱《ねつ》が出《で》て、よく眠《ねむ》れない。こんなとき、セーラがそばにいてくれたらなぁ。

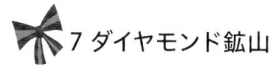

もうすぐお誕生日《たんじょうび》だね！　プレゼントをおくるよ』

（こんな弱音《よわね》をはくなんて、パパらしくないわ。ああ、インドに帰《かえ》って、パパに会《あ》いたい……！）

セーラはそう思《おも》いましたが、お返事《へんじ》には、おとうさまが笑《わら》って楽《たの》しんでくれそうなことだけを書《か》いて、ふうとうにキスをして、送《おく》りだしました。

8 運命《うんめい》の誕生日《たんじょうび》

セーラのお誕生日《たんじょうび》がきました。

大広間《おおひろま》に生徒《せいと》がずらりとならばされています。セーラが、新《あたら》しいピンクのドレスを着《き》て登場《とうじょう》すると、ミンチン先生《せんせい》があいさつに立《た》ちました。

「みなさん。セーラさんは、本日《ほんじつ》、十一歳《さい》になりました。セーラさんのおとうさまが、お友《とも》だちのみなさんへの感謝《かんしゃ》をこめて、ごうかなお祝《いわ》いの席《せき》をもうけてくださいました。さ、お礼《れい》と、お祝《いわ》いのことばを！」

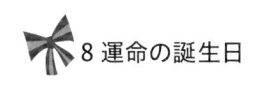

「セーラさん、ありがとう、お誕生日《たんじょうび》おめでとう！」

（まあ、お礼《れい》だなんて、そんな……）

セーラは恥《は》ずかしくていたたまれない気持《きも》ちでしたが、がまんして、しとやかに、おじぎをしました。

「……ありがとう、みなさん。わたしの誕生日《たんじょうび》を、いっしょに祝《いわ》ってくださることに、感謝《かんしゃ》します」

ぱちぱちぱちぱち。先生《せんせい》は拍手《はくしゅ》をしました。

「たいへんよくできました。まるで国民《こくみん》の祝福《しゅくふく》をうける公女《こうじょ》そのものですね！　……おや、だれかお客《きゃく》さまがきたようです。では、ごきげんよう」

ミンチン先生《せんせい》が行《い》ってしまったので、やっと、楽《たの》しくはしゃげます。セーラとみんなは、ごちそうをほおばり、プレゼントの箱《はこ》も、つぎつぎにあけてみました。

箱《はこ》は三つもありました。いちばん大《おお》きな箱《はこ》は、ロッティほどもあるみごとなお人形《にんぎょう》。つぎは、その衣装《いしょう》や道具《どうぐ》で、お人形用《にんぎょうよう》のトランクに入《はい》っていました。レースのショールに、ティアラ。舞踏会用《ぶとうかいよう》の

ドレスに、オペラ見物用《けんぶつよう》のドレスまで。どれもこれもきれいですてきで、ラビニアやジェシーまでも、夢中《むちゅう》になりました。三番《ばん》めの箱《はこ》には、セーラがずっと読《よ》みたかった本《ほん》がいっぱい入《はい》っています。セーラが感激《かんげき》の声《こえ》をあげたとき、とつぜん、ドアがひらきました。ミス・アメリアです。ただごとではないようすで、顔《かお》がまっ青《さお》です。

「セーラさん。すぐきて。姉《あね》が呼《よ》んでいます！」

「どうしてですか？」

「**おとうさまが**」アメリアは泣《な》きだしました。「**あなたのおとうさまが、亡《な》くなったそうです！**」

（おとうさまが、亡《な》くなった？）

セーラは息《いき》がとまりました。ぴくりとも動《うご》けません。

（うそよ。うそ。そんなこと、あるわけが――）

何人《なんにん》かの生徒《せいと》がシクシク泣《な》きだす声《こえ》を聞《き》いて、ようやく、我《われ》にかえりました。セーラは逃《に》げるように自分《じぶん》の部屋《へや》にかけこみました。

パパが死《し》んだ？　わたしのパパが？　そうつぶやきながら、ぐるぐる歩《ある》いていると、人形《にんぎょう》のエミリーと目《め》があいました。

「ああ、エミリー！　パパが！」

だきしめて、ワッと泣《な》きだしました。泣《な》いて泣《な》いて、やっと少《すこ》しふつうに息《いき》ができるようになって……。

先生《せんせい》に呼《よ》ばれていたことを思《おも》いだしました。

セーラはドレスを脱《ぬ》ぎ、黒《くろ》い服《ふく》を身《み》につけました。それはもう小《ちい》さく、きゅうくつでしたけれど。

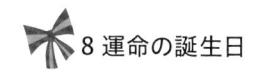

「急《きゅう》な話《はなし》でおどろいたろうが、こっちもとんだめいわくです！」

ミンチン先生《せんせい》はようしゃがありませんでした。

「あれほどの財産《ざいさん》が消《き》えてなくなるとは！　まったくあきれた話《はなし》です。ダイヤモンド鉱山《こうざん》は失敗《しっぱい》して、お友《とも》だちとやらは、自分《じぶん》だけ逃《に》げたんですって。熱病《ねつびょう》で苦《くる》しむ、おまえの父親《ちちおや》を、見殺《みごろ》しにして！」

セーラはめまいがして、たおれそうになりました。エミリーをぎゅっとだいて、歯《は》をくいしばります。

「つまりおまえは**身《み》よりのない子《こ》**。お金《かね》がなくなったとたんに見捨《みす》てたなんて言《い》われるとめいわくだから、ここにおいてやるが、働《はたら》いてもらいますよ。ベッキーのようにね！」

「わかりました。あしたから、働《はたら》きます」
セーラはうなずき、よろよろ立《た》ちさりかけました。
「お待《ま》ち！　まだ話《はなし》がある。マリエットにはひまを出《だ》しました。おまえの持《も》ち物《もの》は、こちらで売《う》り払《はら》います。それでも立《た》てかえた金額《きんがく》にはぜんぜんたりない！」

先生《せんせい》は骨《ほね》ばった手《て》をセーラにのばしました。

「その人形《にんぎょう》も、およこし！　どうせ、遊《あそ》ぶひまなんて、なくなるんだ。せめてもの足《た》しにしてやる！」

「いえ、いやです。エミリーは！　父《ちち》にもらったこれだけは！」

セーラが悲鳴《ひめい》のような声《こえ》をあげたので、さすがの先生《せんせい》も、かわいそうだと思《おも》ったのでしょうか。

「まぁいいでしょう。でも、おぼえておおき。おまえは公女《こうじょ》どころか生徒《せいと》でもない。わたしのきげんをそこなうんじゃないよ。**今日《きょう》から、屋根裏部屋《やねうらべや》で寝《ね》るがいい！**」

9 働《はたら》いても働《はたら》いても

使用人《しようにん》だけが使《つか》うぼろぼろの裏階段《うらかいだん》を、どこまでもどこまでものぼった先《さき》が、いちばん下《した》っぱのメイドのすみか、屋根裏部屋《やねうらべや》です。

ドアをあけて、セーラは息《いき》ができなくなりました。

天井《てんじょう》がななめになった、きゅうくつな部屋《へや》です。さびの浮《う》いた鉄《てつ》のベッドに、うすいふとん。いすもなく、踏《ふ》み台《だい》がひとつあるだけ。

ゾッとするほど不潔《ふけつ》です。

（これまでいたのと、まるで別《べつ》の世界《せかい》にきたみたい。わたし、ここで、くらしていけるのかしら？）

と、ドアがたたかれました。

「おじょうさま？　入《はい》ってもいいですか？」

ベッキーです。セーラは思《おも》わず涙《なみだ》をうかべました。

「わたしたちおなじだって、いつか言《い》ったわね。そのとおりになった。**わたしはもうおじょうさまじゃないわ**」

ベッキーは、しっかりとセーラをだきしめました。

「**いいえ、おじょうさまは公女《こうじょ》さまです。**公女《こうじょ》ならなにがあっても負《ま》けません！　今日《きょう》はもうやすんでください」

なにもできずにぼうっとしていると、あたりが暗《くら》くなりはじめ、やがて日《ひ》がくれました。こんなまっくらやみは、生《う》まれてはじめてです。悲《かな》しみが、心《こころ》をおしつぶしそうです。

(パパが、死《し》んでしまった。もう、会《あ》えないんだわ)

セーラは一晩《ひとばん》じゅう、眠《ねむ》ることができませんでした。

翌朝《よくあさ》。食事《しょくじ》におりていくと、ミンチン先生《せんせい》に、いきなり、どなりつけられました。

「おそいじゃないか。用事《ようじ》はいくらでもある。ほら、ロッティがお茶《ちゃ》をこぼした。さっさときれいにしなさい！」

これまでセーラの場所《ばしょ》だったミンチン先生《せんせい》のとなりの席《せき》では、ラビニアがツンとすました顔《かお》をしてセーラを笑《わら》っているのです。

セーラの生活《せいかつ》は、がらっと変《か》わりました。

セーラはなんでもやらされました。小《ち》さい子《こ》の勉強《べんきょう》や食事《しょくじ》のめんどうをみるのは、いちばん楽《らく》な仕事《しごと》なのでした。そうじにせんたく、買《か》い物《もの》やお金《かね》の支払《しはら》いまで、次《つぎ》から次《つぎ》へ、用《よう》を言《い》いつけられました。なにをさせても役《やく》に立《た》つので、朝《あさ》から晩《ばん》までこきつかわれました。

ミンチン先生《せんせい》がセーラに手《て》かげんしないので、がらのわるい使用《しよう》人《にん》たちも、大《おお》よろこびでいびりました。いやな仕事《しごと》をおしつければ自分《じぶん》が楽《らく》になるし、このあいだまでおじょうさまだった子《こ》にズケズケ物《もの》を言《い》うのは、気分《きぶん》がいいのです。

「なんだい、このしなびたニンジン。こんなの買《か》ってくるんじゃないよ。いいのが売《う》り切《き》れてたって？　おまえがグズだからだろう！　罰《ばっ》として、今夜《こんや》は食事《しょくじ》ぬきだよ！」

セーラはほこり高《たか》い少女《しょうじょ》です。めそめそするのはきらいだし、ほどこしもまっぴら。

だから、がまんしました。不平《ふへい》を言《い》わずに働《はたら》きました。でも、仕事《しごと》は、なくなるということがありません。だんだんつかれ、服《ふく》もすりきれてボロになりました。

そんなセーラを見《み》かけると、生徒《せいと》たちは、あわてて目《め》をそらすようになりました。かつての人気者《にんきもの》の、おちぶれぶりを、見《み》たくなかったからです。

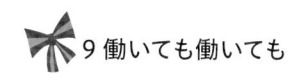

10 ほんとうの友《とも》だち

あるとき、セーラはアーメンガードとろうかですれちがいました。アーメンガードは、セーラに話《はな》しかけようとしましたが、目《め》があうと、にげるようにひっこんでしまいました。セーラはほおがカッとなって、かかえていたせんたくものに顔《かお》をふせました。

(このひとも、ほかのひととおなじだわ……)

その晩《ばん》おそく、セーラが裏階段《うらかいだん》をのぼっていると、自分《じぶん》の部屋《へや》にろうそくがついているのが見《み》えました。

「へんね。だれもいるはずがないのに」

部屋《へや》ではアーメンガードが、赤《あか》いショールにくるまって、待《ま》っていました。セーラは思《おも》わずさけびました。

「なんの用《よう》？　こんなとこにくるとしかられるわよ」

アーメンガードは、青《あお》い目《め》から涙《なみだ》をあふれさせました。

「セーラ……セーラ、あなたはいったい、どうしちゃったの？　わたしのこと、もう好《す》きじゃないの？」

セーラはめんくらいました。

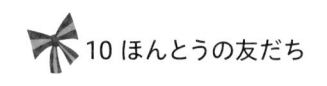

「どうしたって、知《し》ってるでしょ？　あなたも、こんなわたしとは、もうかかわりたくないんでしょ」

「まあ、セーラ！　そんなわけないじゃない。わたし、どうしていいか、わからなかったの。あなた、すっかり変《か》わってしまって、な

んだかこわくて」

「変《か》わるしかなかったのよ。もう生徒《せいと》じゃないもの」

「でも、セーラ、あなたはあなたでしょう。わたしはあなたのことが、大好《だいす》きなのに！」

アーメンガードは、セーラの手《て》をとりました。

「おねがい。もう一度《いちど》、わたしをお友《とも》だちにして」

セーラは、ふうとため息《いき》をつき

ました。誤解《ごかい》していた自分《じぶん》がはずかしくなったのです。

「……アーメンガード。なんて心《こころ》がきれいなの。あなたって、わたしよりずっといいひとだわ。きっと、神《かみ》さまは、わたしがあんまりいい子《こ》じゃないってわからせるために、こんな苦《くる》しみをあたえてくださったのね」

「だからって、この部屋《へや》をくださったのはひどいわ」

アーメンガードは気味《きみ》わるそうに首《くび》をすくめました。

「ここ、だいじょうぶ？　病気《びょうき》にならない？」

「住《す》むとこがあるだけでも、ありがたいわ。世《よ》の中《なか》には、もっと気《き》のどくなひともいる。岩窟王《がんくつおう》とか、バスチーユ監獄《かんごく》に入《い》れられた王《おう》族《ぞく》たちとか！」

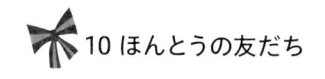

セーラの緑《みどり》の目《め》がかがやきはじめます。

「ねえ、わたしってまるで無実《むじつ》の囚人《しゅうじん》みたい。ミンチン先生《せんせい》はむごい看守《かんしゅ》の役《やく》にぴったりじゃない？」

「そうね、そうね！　ああ、よかった。ほっとした。やっといつものセーラの顔《かお》になったわ！」

ふたりの笑《わら》う声《こえ》を聞《き》きつけ、ベッキーがのぞきにきました。三人《にん》は、アーメンガードの持《も》ってきてくれたお菓子《かし》を食《た》べて、ひさしぶりに楽《たの》しい時間《じかん》をすごしたのです。

小《ちい》さなロッティはとまどっていました。

大好《だいす》きなセーラ・ママが、おかしな服《ふく》を着《き》て、いそがしそうに働《はたら》いて、ちっともかまってくれないし、エミリーとも遊《あそ》べないのです。

セーラ・ママに会《あ》いたい！

たまらなくなったロッティは、うわさ話《ばなし》をたよりに、おばけの出《で》そうな裏階段《うらかいだん》をみつけました。おそるおそるのぼって、ドアをあけると、ちょうど、セーラがひと仕事終《しごとお》え、天窓《てんまど》から外《そと》をながめているところでした。

「セーラ・ママだぁ～！　よかった、会《あ》えた！」

ほっとしたロッティは、緊張《きんちょう》の糸《いと》が切《き》れたのか、ぽろぽろと涙《なみだ》をこぼしはじめました。いまにも大声《おおごえ》で泣《な》きだしそうです。こんなところをミンチン先生《せんせい》にみつかったら、たいへんです！

セーラはいそいでだきしめました。

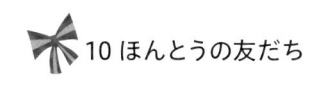

「ねえ、ロッティ、あの窓《まど》からは、いろんなものが見《み》えるのよ」

　ロッティはきょとんとしてはなをすすりました。

「なにが見《み》えるの？」

「えんとつ。それにスズメ。そして、最高《さいこう》の夕焼《ゆうや》け！」

　セーラはロッティを窓《まど》にだきあげてやりました。パンくずを投《な》げると、スズメたちがきて、つつきます。かわいい声《こえ》に、ロッティは大《おお》よろこび。

「セーラ、あれは、なに？　あの、でっぱり」

「となりのおうちの天窓《てんまど》よ。だれか住《す》んでいたらいいのにね。ずっと空《あ》き家《や》なの」

「ここ、好《す》き」ロッティは言《い》いだしました。「お空《そら》が近《ちか》いし、小鳥《ことり》もいる。ロッティもここで寝《ね》たいな」

「そうね。あんがいすてきなのよ。せめて、あのだんろに火《ひ》がたけたらね。ふかふかのクッションもほしいところだわ」

「いいね、いいね！　うれしいね、楽《たの》しいね！」

ロッティを送《おく》りだすと、セーラはためいきをつきました。あのロッティも、もう七つ。ここにきたころのセーラとおなじです。

（わたしも、前《まえ》は、しあわせな子《こ》どもだった）

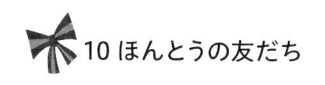

11 六ペンス

さむさはいっそうきびしくなり、クリスマスが近《ちか》づいてきました。こまかな用事《ようじ》がいちだんとふえて、遊《あそ》ぶひまどころか、じゅうぶんな休《やす》みももらえません。

一日《いちにち》に何度《なんど》も、セーラはお使《つか》いに行《い》かされました。言《い》われたものをぜんぶ手《て》に入《い》れるまで、重《おも》い買《か》い物《もの》かごをさげて、町《まち》や市場《いちば》を歩《ある》きまわりました。

公女《こうじょ》さまと呼《よ》ばれ、美《うつく》しく着《き》かざって馬車《ばしゃ》に乗《の》っていたころは、よく、道《みち》でひとにふりかえって見《み》られたものでした。でも、いまのセーラは別人《べつじん》です。

足《あし》にあうくつは一足《そく》きりで、底《そこ》がとれかけていました。服《ふく》はふるく、短《みじか》くなっています。つぎはぎをして、なんとか着《き》ていますが、みすぼらしいし、さむさが身《み》にしみます。

けれど、そんなセーラにも、目《め》をとめてくれるひとがあったのです。

しんしんと雪《ゆき》のふる午後《ごご》、セーラが仕事《しごと》をすませて通《とお》りかかると、ご近所《きんじょ》の裕福《ゆうふく》なご一家《いっか》が、馬車《ばしゃ》で出《で》かけようとしているところに出《で》くわしました。子《こ》どもが八人《にん》もいて、いつもにぎやかな、楽《たの》しそうなお家《うち》です。

すてきな家族《かぞく》ね……。セーラがついみとれていると、とつぜん、

末《すえ》っ子《こ》ぼうやが馬車《ばしゃ》をとびおりて走《はし》ってきました。

「かわいそうな子《こ》。ぼくの六ペンスをあげるよ！」

小《ちい》さな手《て》で、ぴかぴかの銀貨《ぎんか》をさしだしました。

「いえ、けっこうです。いただくわけにはまいりません」

セーラはびっくりして言《い》いました。

「教会《きょうかい》で、『なんじのりんじん

（あなたのまわりのひと）を助《たす》けよ』っておそわったんだ。おなかがすいてるんでしょ。これで、なにか食《た》べて」

セーラは、ほおを赤《あか》くして受《う》けとりました。

「ありがとうございます、親切《しんせつ》なぼっちゃん」

「どういたしまして！」

とくいげに言《い》って、馬車《ばしゃ》にもどったとたん、ぼうやは、おねえさんたちにとっちめられました。

「あんなことしちゃだめよ。失礼《しつれい》じゃない」

「あれは学校《がっこう》で働《はたら》いているひとよ。態度《たいど》もことばも、上品《じょうひん》でしょう。服《ふく》はちょっとひどいけど」

「ぼく、なにもわるいこと、してないよ」末《すえ》っ子《こ》ぼうやはもじもじしました。「あのひとだって、怒《おこ》ってなかったもん」

その日《ひ》おそく、屋根裏部屋《やねうらべや》にもどってから、セーラはもらった銀《ぎん》貨《か》に穴《あな》をあけ、リボンで首《くび》にかけました。

むかしはセーラも、こまっているひとをみると、お金《かね》をめぐんであげたものです。まさかあんな小《ちい》さな子《こ》に、しんぱいされるほうになってしまっていたとは。

（でも、ありがとう。小《ちい》さなぼうや。あなたのやさしさを、わすれないわ）

12 ラム・ダス

となりの家《いえ》はずっと空《あ》き家《や》で、だれか引《ひ》っこしてくればいいのにと、セーラはねがっていました。

ある朝《あさ》、お使《つか》いをして帰《かえ》ってくると、となりの家《いえ》の前《まえ》にりっぱな馬車《ばしゃ》がとまっています。お引《ひ》っこしです！

はこびこまれる家具《かぐ》を見《み》て、セーラはどきどきしました。チーク材《ざい》のテーブルや、ごうかなししゅうのついたてに、見《み》おぼえがあったのです。

「おとなりは、インドにいらしたかたなんだそうです」

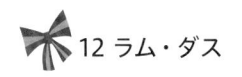

ベッキーが、うわさを教《おし》えてくれました。

「ご年配《ねんぱい》の男性《だんせい》で、独身《どくしん》なんですって。ダイヤモンド鉱山《こうざん》を持《も》ってるほどのすごいお金持《かねも》ちで、からだをこわされたので、帰《かえ》ってきたそうです」

「まあ、どこかで聞《き》いたような話《はなし》ねえ」


その日《ひ》の夕方《ゆうがた》、セーラが部屋《へや》で夕焼《ゆうや》け空《ぞら》をながめていると、いきなり、なにかが窓《まど》からとびこんできました。なんと、小《ちい》さなサルではありませんか。好奇心《こうきしん》まんまんで、屋根裏部屋《やねうらべや》を、くるくる走《はし》りまわっています。

「まぁ、おどろいた。きみ、だぁれ？　どこからきたの？」

「もうしわけありません、おじょうさま！」

となりの天窓《てんまど》から呼《よ》びかけてきた若者《わかもの》は、色《いろ》のこい肌《はだ》で、白《しろ》いターバンを頭《あたま》に巻《ま》いています。どうやらインドのひとのようです。

「**小《ちい》さなサル**が、そちらに行《い》きませんでしたか！」

「はい、いらしてますよ！　どうしましょう」

セーラは思《おも》わずインドのことばで

答《こた》えました。

若者《わかもの》はおどろいて、うれしそうな顔《かお》をしました。

「ありがとうございます。わたくしは**ラム・ダス**ともうします。そちらにうかがって、つかまえてもよろしいでしょうか」

「ええ、どうぞ。でも、どこから?」

ラム・ダスは、すばやく屋根《やね》を歩《ある》いてきました。天窓《てんまど》をくぐるとき、おでこに手《て》をあてるインド式《しき》のあいさつをしました。子《こ》ザルはしばらくふざけまわっていましたが、やがてあきらめて、おとなしくつかまりました。

「おかげで助《たす》かりました。このいたずらっこは病気《びょうき》の主人《しゅじん》のなぐさめなのです。ご親切《しんせつ》に、感謝《かんしゃ》します」

お礼《れい》を言《い》って、ラム・ダスはまた屋根《やね》から帰《かえ》っていきました。こんなみすぼらしい部屋《へや》を見《み》たというのに、ていねいなうやうやしい態度《たいど》をくずしませんでした。

セーラは昔《むかし》を思《おも》いだしました。インドで、ラム・ダスのようなひとたちに、おじょうさまと呼《よ》ばれてだいじにしてもらっていたころのことを。おとうさまも元気《げんき》で、ぜいたくなくらしをして、なんのしんぱいもなかった。でも……。

セーラはほおをそめ、頭《あたま》をまっすぐあげました。

(金《きん》ぴかの服《ふく》を着《き》たら、だれでも公女《プリンセス》でいられる。ほんとうにだいじなのは、ボロを着《き》て、おなかがぺこぺこでも、りっぱな心《こころ》でいることだわ)

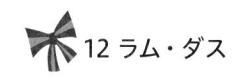

13 壁《かべ》の向《む》こうがわ

そのころ、となりのお屋敷《やしき》では、ふたりの紳士《しんし》が、しんこくな顔《かお》つきで、話《はな》しこんでいました。

顔色《かおいろ》がわるいほうが、この家《いえ》のあるじ、**カリスフォードさん**。ラム・ダスのご主人《しゅじん》さまです。どんなにだんろで薪《まき》を燃《も》やしてもさむけがするので、毛布《もうふ》にくるまっています。

もうひとりは**カーマイクルさん**といって、ご近所《きんじょ》に住《す》む、有能《ゆうのう》な弁護士《べんごし》。じつはセーラに六ペンスをくれたあのかわいいぼうやの、おとうさんでした。

「それで、どうなった、カーマイクル？　たのむ、**あの子**《こ》がいたと言《い》ってくれ。パリで、みつかったと！」

「すみません。会《あ》えませんでした」カーマイクルさんは首《くび》をふりました。「あてにしていた子《こ》は、ロシア貴族《きぞく》にひきとられて、パリからいなくなっていたんです」

「なんと！　では、すぐロシアに行《い》ってたしかめろ。わしのかわりに、なんとか、ごほっごほっ！」

「こうふんしないでください。また熱《ねつ》が出《で》ますから」

カーマイクルさんは看護士《かんごし》さんを呼《よ》ぶベルを鳴《な》らしました。

「**ああああ。クルー、すまん！**」

カリスフォードさんは顔《かお》をゆがめました。

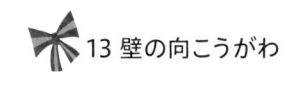

「わしはきみを破滅《はめつ》させてしまった。きみの娘《むすめ》はどこにいるんだ。もしや、ひどい目《め》にあってはいまいか。だとしたら、ああ、ぜんぶ、このわしのせいだ！」

「全力《ぜんりょく》でさがします」カーマイクルさんは言《い》いました。「ですから、そんなにご自分《じぶん》をせめないでください」

「だんなさま、子《こ》ザルがつかまりました」

そこへ、ラム・ダスがやってきました。

「おとなりの屋根裏《やねうら》に住《す》むおじょうさまが助《たす》けてくださいました」

「おかしなことを言《い》うな。おじょうさまと呼《よ》ばれるような娘《むすめ》さんは、屋根裏《やねうら》には住《す》まんだろう」

「はい。わたくしもそうは思《おも》うのですが。どうも、ちょっと、ふうがわりなかたで」

「ふむ？」

カリスフォードさんの苦《くる》しげな顔《かお》に、少《すこ》しだけ、いきいきとした、きょうみ深《ぶか》そうな表情《ひょうじょう》が浮《う》かびました。

「話《はな》せ。いったい、どういうことだ？」

14 六分《ぶん》の五

つめたい雨《あめ》がふりつづいた日《ひ》。セーラはまた遠《とお》くにお使《つか》いに行《い》かされました。かさもなく、くつはぐっしょり水《みず》をすって重《おも》く、ひもじくて、たおれそうでした。もう夕方《ゆうがた》なのに、今日《きょう》は、一度《いちど》も食事《しょくじ》をもらっていません。

つまずかないよう下《した》を見《み》て歩《ある》いていると、泥《どろ》のなかでなにか光《ひか》りました。**なんと、四ペンス銀貨《ぎんか》です！**

ちょうどパン屋《や》さんの前《まえ》でした。やさしそうなおかみさんが丸《まる》パンをケースにならべています。

あのひとに聞《き》いてみよう。そう思《おも》って、歩《ある》きだしかけて、セーラは道《みち》ばたにうずくまっていたものに気《き》づきました。**やせた女《おんな》の子《こ》です。**顔《かお》も、むきだしの足《あし》も、泥《どろ》んこで、まっ赤《か》にかじかんでいます。

「あなた、どうしたの。だいじょうぶ？」

女《おんな》の子《こ》はぎろりと目《め》を動《うご》かしました。けわしい、怒《おこ》ったような顔《かお》。追《お》いつめられた動物《どうぶつ》のようです。

（かわいそうに。よほどおなかがすいているのね）

セーラはパン屋《や》に入《はい》りました。店《みせ》のなかはあたたかく、ほかほかの湯気《ゆげ》と、おいしいにおいでいっぱいです。

「あの、そこで、この銀貨《ぎんか》をみつけました。どなたか、おつりを落《お》としてはいないでしょうか」

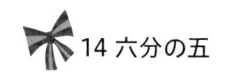

「そんなの、もらっときなよ。あんた、正直者《しょうじきもの》だねえ。なんなら、それで、うちの丸《まる》パンを買《か》ってってたら」

「はい。じゃあ、おねがいします」

ひとつ一ペニーなのに、おかみさんは六つふくろに入《い》れてくれました。ふたつもおまけをしてくれたのです。セーラはお礼《れい》を言《い》って店《みせ》を出《で》ました。

それからあのうずくまっている子《こ》に近《ちか》づき、丸《まる》パンをひとつとりだして、ひざにそっとおいてやりました。

女《おんな》の子《こ》はふしぎそうにセーラを見《み》たかと思《おも》うと、丸《まる》パンをひっつかんで、ガツガツ食《た》べはじめました。あっというまになくなります。

セーラはつぎのパンもあげました。女《おんな》の子《こ》は、うまい、うまい、と

うなりながら食《た》べます。もうひとつ。……もうひとつ。
おかみさんはそのようすをずっと見《み》ていました。セーラが立《た》ちさってから、ドアをちょっとあけて、女《おんな》の子《こ》に聞《き》きました。
「あんた、あの子《こ》から、いくつもらったの」

女《おんな》の子《こ》は、片手《かたて》をあげました。

「五つ？　じゃ、ひとつしかのこらないじゃないの。あの子《こ》だって、おなかをぐうぐう言《い》わせてたのに！」

おかみさんはやれやれと首《くび》をふると、店《みせ》の戸《と》を大《おお》きくあけ、手《て》まねきをしました。

「お入《はい》り。なかであったまりな」

15 魔法《まほう》

もどっても、セーラの夕飯《ゆうはん》はありませんでした。いまごろきたって、もうかたづけてしまった、なにもない、と、料理番《りょうりばん》は言《い》いました。空腹《くうふく》をこらえて部屋《へや》までのぼっていくと、アーメンガードがきていました。たくさんの本《ほん》といっしょに。

「パパがフランス語《ご》の本《ほん》を送《おく》ってきたの。家《いえ》に帰《かえ》ったら、ちゃんと読《よ》んだかどうかテストされちゃう。助《たす》けて！」

「もちろん手伝《てつだ》うわ。うれしい、本《ほん》が読《よ》める！」

そのとき、おそろしい声《こえ》が聞《き》こえました。下《した》の階《かい》で、ミンチン先《せん》生《せい》がベッキーをどなりつけているのです。

「**このぬすっとのうそつきめ。あやまらないか！**」

「わたしじゃありません。料理番《りょうりばん》が、おまわりさんにいい顔《かお》したくて、つまみ食《ぐ》いさせたんです。わたしは、先生《せんせい》の特別《とくべつ》のお夜食《やしょく》を盗《と》ったりなんかしませ――」

ぴしゃんと音《おと》がしました。先生《せんせい》がベッキーをだまらせようとして、ぶったのです。

それを聞《き》いて、セーラはわなわなふるえだしました。

「ひどいわ。料理番《りょうりばん》は、自分《じぶん》がかってにひとに料理《りょうり》をあげて、それを、ベッキーのせいにしたんだわ。わたしには、なにもないって言《い》ったくせに、先生《せんせい》には、特別《とくべつ》のお夜食《やしょく》を出《だ》してあげるの……？」

アーメンガードはぽかんとしました。セーラが怒《おこ》っている。やさしいセーラが、こんなにはげしく。

「セーラ？　おお、もしかして。失礼《しつれい》だったらごめんなさい。**あなた、おなかが、すいてるの？**」

「すいてるわ！」セーラは言《い》いました。「あなたを食《た》べちゃいたいくらいよ！　だって、ろくにお食事《しょくじ》をさせてもらえてないんだもの！」

アーメンガードは、びっくりして涙《なみだ》ぐみました。

「まぁ、ちっとも気《き》がつかなかった。あなたはぜんぜん太《ふと》らなくて、いいなって思《おも》ってた……待《ま》って！　部屋《へや》にお菓子《かし》があるわ。すぐに持《も》ってくるからね！」

アーメンガードと入《い》れかわりに、ベッキーがあがってきました。

気《き》のどくに、ほおを赤《あか》くはらしています。

「かわいそうに。ひどいめにあったわね、ベッキー！」

セーラは布《ぬの》をぬらしてあててやりました。

「いま、アーメンガードがおいしいものを持《も》ってきてくれるそうよ。テーブルを用意《ようい》しましょう」

ふたりですみっこにあった箱《はこ》をひっぱりだし、アーメンガードが落《お》としていった赤《あか》いショールをかけてみたら、あらふしぎ。まるでクリスマスのテーブルです。

「ふかふかのしきものもあるといいのに。これはキャンドルのつもり……そうだ、金《きん》のお皿《さら》がある！」

がらくたの底《そこ》からハンカチを出《だ》して、テーブルにおきます。帽子《ぼうし》の造花《ぞうか》を水《みず》さしに巻《ま》き、毛糸《けいと》や紙《かみ》でかざりつけます。もどってきたアーメンガードは、なんてきれいなんでしょう、見《み》ちがえちゃったわ、と感激《かんげき》しました。

ケーキにクッキー、ボンボン菓子《がし》などが、テーブルいっぱいにならびます。セーラは紙《かみ》くずに火《ひ》をつけました。小《ちい》さな炎《ほのお》でも、部屋《へや》がたちまちパッとあかるくなりました。

「みなさま、どうぞ、うたげの席《せき》におつきください」

セーラは王宮《おうきゅう》の晩《ばん》さん会《かい》にいるつもりでした。お話《はなし》の魔《ま》法《ほう》の力《ちから》で、セーラはまた公女《プリンセス》になっていました。

「さあ、ごちそうを、いただきましょう！」

ところがお菓子《かし》を手《て》にとるかとらないうちに、三人《にん》ともギョッと

して立《た》ちすくみました。

カツカツカツカツカツ！

だれかきます。ずんずん腹立《はらだ》たしげに、のぼってきます！　この足音《あしおと》は、まさか！

手《て》あらくドアがあきました。ミンチン先生《せんせい》です。顔《かお》をまっ赤《か》にして、かんかんに怒《おこ》っていました。

「**わたしの学校《がっこう》でふざけたまねを。ゆるしません。たっぷり罰《ばつ》をう**

けてもらいます。とうぶん食事《しょくじ》は抜《ぬ》きです！」

「……でも……わたし、今日《きょう》も、お昼《ひる》も夜《よる》も、なにも食《た》べてないんです」

セーラが、泣《な》きそうな声《こえ》をあげました。

「それはけっこう。さすがのおまえも、こたえるでしょう！　アーメンガード、つったってないで、それをしまいなさい。ベッキー、部屋《へや》にもどりなさい！」

アーメンガードは自分《じぶん》のせいだ、どうかゆるしてあげてくれ、と、泣《な》きながら、先生《せんせい》に引《ひ》きずられていきました。

「ああ、なんてことなの……」

セーラは、部屋《へや》でひとり、エミリーをだいて、つめたいベッドにもぐりこみました。ふるえがとまりません。おなかがすきすぎて、めまいがします。でも、よほどつかれていたのでしょう、いつのまにか気《き》をうしなうように眠《ねむ》っていました。

どれぐらい眠《ねむ》ったでしょう。なにかの気配《けはい》がセーラを起《お》こしました。でも、まだ夢《ゆめ》のなかのようです。おふとんがふわふわで気持《きも》ちいいし、しゅんしゅんお湯《ゆ》がわく音《おと》までします。ざんねん。もう目《め》がさめちゃう。

目《め》をあけてみました。あかあかとだんろが燃《も》え、テーブルでごちそうが湯気《ゆげ》をたてています。

「まだ夢《ゆめ》をみてるんだわ、きっと」

セーラはだんろの前《まえ》まで行《い》って、燃《も》える火《ひ》に手《て》を近《ちか》づけてみました。

「あつい！　夢《ゆめ》じゃない？」

セーラはあわててベッキーを呼《よ》びに行《い》きました。ベッキーは、部屋《へや》を見《み》ると、感激《かんげき》のあまりおいおいと泣《な》きだしました。

「おじょうさま、これ——**魔法《まほう》**ですか？」

「そうかも。でも、とにかく大急《おおいそ》ぎで食《た》べましょう！」

16 魔《ま》法《ほう》はつづく

翌朝《よくあさ》、ミンチン先生《せんせい》は生徒《せいと》たちに言《い》いました。

「セーラたちは、ゆうべ食《た》べ物《もの》を盗《ぬす》んでみつかりました。罰《ばつ》をうけているので、近《ちか》づいてはなりません」

きびしい顔《かお》つきでしたが、じょうきげんです。

「あの子《こ》たち、とうぶん、ごはんぬきなんだって」

「このままじゃ、死《し》んじゃうわ」

生徒《せいと》たちはこそこそ言《い》いあいました。

あのセーラが、物《もの》を盗《ぬす》むほど追《お》いつめられてるなんて……。セー

ラは親切《しんせつ》で、おもしろくて、お話《はなし》もすてきでした。お金持《かねも》ちじゃなくなったからって、先生《せんせい》はひどすぎます。

助《たす》けてあげたい気《き》もしますが、巻《ま》きこまれるのはこまります。アーメンガードは、かばった罰《ばつ》で、山《やま》ほど宿題《しゅくだい》を出《だ》され、図書室《としょしつ》にとじこめられているのです。

そのとき、セーラがきました。みんなの自習《じしゅう》の手伝《てつだ》いをするのも、だいじな仕事《しごと》のひとつです。

生徒《せいと》たちは、おどおど、こわごわ目《め》をあげ、……あっけにとられて、顔《かお》を見《み》あわせました。

セーラはおどるような足《あし》どりで、ほほえみを浮《う》かべて教室《きょうしつ》に入《はい》ってきたのです。なんだかとてもしあわせそうです。

ミンチン先生《せんせい》はギョッとしました。

いくらセーラでも、こんどばかりは、げっそりやつれて、目《め》を泣《な》きはらしてるだろうと思《おも》っていたのです。

「セーラ、ちょっとここにきなさい！」

すなおにやってきたセーラは、緑《みどり》のひとみをまっすぐ先生《せんせい》に向《む》けました。ちっともひもじそうじゃないし、ひるんでもいません。

ミンチン先生《せんせい》は、カッとしました。

「今日《きょう》も、おまえの食事《しょくじ》は抜《ぬ》きなんだよ、いいんだね！」

「はい。わかっています、先生《せんせい》」

セーラは、ほほえんでうなずきました。

（ああ、魔法《まほう》がわたしをすくってくれたんだわ！　ありがとう、神《かみ》

さま)

その日《ひ》から毎晩《まいばん》、セーラの部屋《へや》には、おいしいごはんが、ふたり分《ぶん》とどきました。食《た》べたあとは、いつのまにかきれいにかたづいていて、また新《あたら》しく、ごちそうが用意《ようい》されるのです。食《た》べ物《もの》だけではありません。壁《かべ》の傷《きず》はおしゃれな絵《え》やタペストリーでかくされ、家具《かぐ》や本《ほん》も、日《ひ》に日《ひ》にふえていきました。おふとんやスリッパ、クッションもふかふかな上等《じょうとう》なものになって、だんろはいつも燃《も》えています。

夜中《よなか》に帰《かえ》っても、こごえることはありません。

親切《しんせつ》な魔法使《まほうつか》いのおかげで、屋根裏部屋《やねうらべや》は見《み》ちがえるように美《うつく》しく、居心地《いごこち》のいいところになりました。

けれどそのひとは、どこのだれなのか。なぜこんなことをしてくれるのでしょうか。

「きっと、秘密《ひみつ》にしておきたい理由《りゆう》があるんだわ」

セーラはベッキーに言《い》いました。

「でも、わたし、せめて**感謝《かんしゃ》のお手紙《てがみ》**を書《か》くわね！」

助《たす》けてくれたのは、おとなりのカリスフォードさんでした。ことのしだいはこうです。

ラム・ダスは、はじめて会《あ》ったときから、となりの屋根裏《やねうら》のふうがわりな女《おんな》の子《こ》を気《き》にかけていました。インドのことばを話《はな》すし、メイドなのにおじょうさまのようで、なにか、気《き》のどくな事情《じじょう》があるんだろうと思《おも》っていました。

だんなさまに女《おんな》の子《こ》のことを話《はな》してみると、きょうみをお持《も》ちになりました。ちょうど、弁護士《べんごし》をたのんで親友《しんゆう》の娘《むすめ》をさがしているところです（はい、これがじつはほかでもないセーラのことなのですが、まだ気《き》がついていません）。おなじ年《とし》ごろの女《おんな》の子《こ》が苦労《くろう》していることに、だんなさまはひどく胸《むね》をいためられました。

ある夜《よ》、ラム・ダスが屋根《やね》に寝《ね》そべって星《ほし》をながめ、インドのことを考《かんが》えていると、かわいい声《こえ》が聞《き》こえてきました。どうやら、あの少女《しょうじょ》が、人形相手《にんぎょうあいて》に話《はなし》をしているようです。ごちそうや、ふかふかのふとん、だんろなど、ありもしないものがそこにあるつもりになって、けなげに元気《げんき》を出《だ》そうとしているのでした。

翌日《よくじつ》、だんなさまに、この話《はなし》をしました。すると、カリスフォードさんが身《み》を乗《の》りだしました。その子《こ》の空想《くうそう》をほんとうにしてやろうじゃないか、と言《い》うのです。

「目《め》がさめたとたん、夢《ゆめ》みたことがほんとになっていたら、どんなにおどろいて、ふしぎがるだろう！　ラム・ダス、おまえなら、うまくやれるんじゃないかね？」

「はい、だんなさま。あの子《こ》が寝《ね》ているうちにやってのけます。あの子《こ》はきっと、**魔法**《まほう》だと思《おも》いますよ」

セーラの心《こころ》のこもったお礼《れい》の手《て》紙《がみ》を読《よ》むと、カリスフォードさんは、この子《こ》のことをすっかり好《す》きになりました。それで、さらにいっそう、はりきりました。

ある日《ひ》、学校《がっこう》に小包《こづつみ》がとどきました。受《う》けとりに出《で》たのはセーラでした。ちょうど、そこへ、ミンチン先生《せんせい》が通《とお》りかかりました。

「なにをぼんやりしているんだ。はやく持《も》ち主《ぬし》のところに届《とど》けに行《い》かないとだめじゃないか」

「でも、これ、わたしあてなんです。ほら、『右《みぎ》がわの屋根裏部屋《やねうらべや》の少女《しょうじょ》へ』と書《か》いてありますもの」

先生《せんせい》は目《め》をまるくしました。

「だれから？　なにが入《はい》っているの？」

「知《し》りません。差出人《さしだしにん》は書《か》いてないですね」

「あけなさい！　ここで、いますぐ！」

なかから出《で》てきたのは、かわいらしくて着心地《きごこち》がよさそうな衣類《いるい》でした。くつや、手《て》ぶくろ、かさもあります。見《み》るからに高価《こうか》な、センスのいいものばかりです。

コートにメモがピンでとめてありました。

『どうぞ、おきがねなく、おつかいください。もしも、気《き》に入《い》らないものがあれば、おとりかえいたします』

ミンチン先生《せんせい》は息《いき》をのみました。

ああ、まさか。遠《とお》いしんせきかなにかがいて、この子《こ》のいどころを、さぐりあてたのではないか!?

セーラにそんなひとはいないはずでした。でも、万一《まんいち》、いたとしたら？　こまったことになります。何年《なんねん》も、ボロを着《き》せ、ろくに食《た》べさせず、屋根裏《やねうら》に住《す》まわせて、べんりにこきつかってきたのです。先生《せんせい》の顔《かお》から血《ち》の気《け》がひきました。

「おやま。親切《しんせつ》なひとがいるものですね」

思《おも》わず猫《ねこ》なで声《ごえ》になっていました。大尉《たいい》が亡《な》くなってから、セーラにこんな声《こえ》で話《はな》したことはありません。

「それを身《み》につけて、すぐ教室《きょうしつ》にお行《い》き。小《ち》さい子《こ》のお勉強《べんきょう》のお手《て》伝《つだ》いをしてあげてちょうだい。今日《きょう》はもう、お使《つか》いに行《い》かなくてもよいのですよ」

新《あたら》しい服《ふく》に着替《きが》えて教室《きょうしつ》にあらわれたセーラを見《み》て、生徒《せいと》たちはどよめきました。

ラビニアは顔《かお》をまっ赤《か》にしました。セーラの着《き》ているドレスは、いままさにパリで流行中《りゅうこうちゅう》のスタイルで、ラビニアがほしくてたまらないものだったのです。

「まあ、おどろいた。セーラ公女《こうじょ》さまには、またまたダイヤモンド

鉱山《こうざん》があらわれたってわけなの？」

ばかにしたつもりでしたが、だれが聞《き》いても、うらやましそうな声《こえ》でした。

その日《ひ》のセーラはメイドのような用事《ようじ》は、ひとつも言《い》いつけられませんでした。生徒《せいと》のテーブルで食事《しょくじ》をするよう言《い》われましたが、セーラは、ベッキーと離《はな》ればなれになりたくなかったので、ことわりました。

地下《ちか》の使用人《しようにん》の食卓《しょくたく》は、異様《いよう》なふんいきでした。料理番《りょうりばん》たちは、また公女《こうじょ》さまのようになったセーラを見《み》て、めんくらい、びくびくしていました。

「すみません、お塩《しお》をとっていただけますか」

いつものとおり、セーラが上品《じょうひん》に言《い》いました。

これまでなら、らんぼうにあざけったり、気《き》どるんじゃないよと物《もの》を投《な》げてよこしたりした料理番《りょうりばん》が、「どうぞ」とていねいに、塩《しお》を手《て》わたしてくれました。

「**どうもありがとう**《メルシー・ボークー》」

セーラはにっこり笑《わら》いました。

ふしぎな一日《いちにち》の最後《さいご》に、もうひとつ、小《ち》さなできごとがありました。

ベッドに入《はい》る前《まえ》、ベッキーに本《ほん》を読《よ》んでやっていると、天窓《てんまど》のあたりでことこと音《おと》がしました。セーラはいすによじのぼって屋根《やね》をのぞいてみました。

ふりつもった雪《ゆき》の上《うえ》で、おとなりの子《こ》ザルがうずくまっています。

さむさで動《うご》けなくなったのでしょうか。

「まあ、どうしたの。まいごになったの？」

セーラの手《て》にふれて、子《こ》ザルはキーと鳴《な》きました。すがるように、しがみついてきます。

「かわいいおサルさん！　赤《あか》ちゃんみたい。もうおそいから、あした、おうちに帰《かえ》りましょうね」

17 この子《こ》が！

カリスフォードさんのお屋敷《やしき》は、その日《ひ》、とてもにぎやかでした。弁護士《べんごし》のカーマイクルさんの家《いえ》の八人《にん》の子《こ》どもたちが、ぞろぞろ遊《あそ》びにきていたからです。子《こ》どもたちはインドのおサルのうわさを聞《き》いて、実物《じつぶつ》を見《み》たがったのです。

子《こ》どもたちがミルクでもてなされているあいだ、カーマイクルさんはノックをして、書斎《しょさい》に入《はい》ってきました。

カリスフォードさんは、期待《きたい》に満《み》ちて、立《た》ちあがりかけました。でも、すぐ、力《ちから》なく、毛布《もうふ》のなかにしずみこみました。待《ま》ちのぞんだ女《おんな》の子《こ》が、つれてこられていないことが、ひとめでわかったからです。

「まことにざんねんですが、ロシアの子《こ》は人《ひと》ちがいでした。これ以《い》上《じょう》、どこをどうさがせばいいのやら……」

「たのむ。なんとかしてくれたまえ。このままでは、わしは、クルーに、顔《かお》むけができん」

重苦《おもくる》しいふんいきのなか、ラム・ダスが音《おと》もなくあらわれました。

「だんなさま、子《こ》ザルがおりました。となりのおじょうさまが、みつけてつれてきてくれたのです」

案内《あんない》されて、セーラが入《はい》ってきました。子《こ》ザルはすっかりなついて、セーラの胸《むね》にしがみついています。

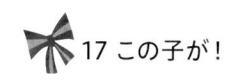

「ああ、もうしわけないことです。ほら、こちらへおいで」

ラム・ダスが受《う》けとろうとするのに、子《こ》ザルはふざけていやがります。セーラから離《はな》れたくないようです。

「あらあら、いたずらっこの**ハヌマーン**ね！」

カリスフォードさんの落《お》ちくぼんだ目《め》が、ふしぎなきらめきを帯《お》びました。

「ハヌマーン？　それはインド神話《しんわ》の神《かみ》の名《な》だ。サルの顔《かお》をしている。よくごぞんじですね、おじょうさん」

「ええ、わたし、七歳《さい》まで、**インド**でそだちましたから」

カーマイクルさんも、ハッと顔《かお》をあげました。

「あなたは、となりの家《いえ》に住《す》んでいるんですか。そこの生徒《せいと》さんなのですか？」

「いいえ。はじめは生徒《せいと》でした。でも、父《ちち》が病気《びょうき》で亡《な》くなったので、働《はたら》くようになりました」

「なぜ？」弁護士《べんごし》さんがささやくようにたずねました。「おとうさんは財産《ざいさん》をのこしてくれなかったの？」

「**ダイヤモンド鉱山《こうざん》**が失敗《しっぱい》したからです。父《ちち》は、お友《とも》だちに誘《さそ》われたのです。そのかたのことを、とても好《す》きで、信《しん》じていたので。ありったけのお金《かね》をつぎこんでしまっていたようです」

「聞《き》かせてくれ」

カリスフォードさんは苦《くる》しげに言《い》いました。

「おとうさんの名《な》は？」

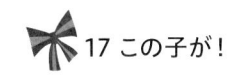

「ラルフ・クルー。大尉《たいい》でした」

「おお！　この子《こ》が！　この子《こ》が！」

病人《びょうにん》はぜいぜいと息《いき》をして、がっくりといすにたおれこみました。いまにも死《し》んでしまうかに見《み》えました。

セーラはおどろき、こまってしまいました。

「わたし……なにか、いけないことを？」

「びっくりしないで」カーマイクルさんが泣《な》き笑《わら》いのような顔《かお》をしました。「このひとこそ、いまの話《はなし》のお友《とも》だちです。わたしたちはこの二年《ねん》、ずっとあなたのことをさがしていたんですよ！」

18 ほかのものには、なるまいとしたのです

セーラはぼうっとしてしまいました。急《きゅう》なことで、信《しん》じられません。ふしぎな夢《ゆめ》をみているみたい。

……夢《ゆめ》？

とつぜん、あっと気《き》がつきました。

「ラム・ダスさん、あなただったのね、魔法使《まほうつか》いは！　ごちそうや、すてきなものを、いつもとどけてくださったでしょう。あなたなら、屋根《やね》を歩《ある》けるもの！」

ラム・ダスさんはにっこりほほえみました。

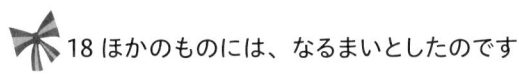

「すべて、だんなさまのおはからいですよ。魔法使《まほうつか》いは、だんなさまなのです」

そのだんなさま、カリスフォードさんは、薬《くすり》を飲《の》んで、みるみる顔色《かおいろ》がよくなりました。おどろきのあまり心臓《しんぞう》がおかしくなりましたが、最大《さいだい》のしんぱいが消《き》えたので、もうだいじょうぶ。息《いき》をするのも楽《らく》になりました。

「聞《き》いてほしい、おじょうさん」

カリスフォードさんはつらそうに説明《せつめい》しました。

ダイヤモンド鉱山《こうざん》は、はじめ、なかなかうまくいかなかった。費《ひ》用《よう》がかかりすぎて、自分《じぶん》も破産《はさん》しそうになった。そのしんぱいのあまり、病気《びょうき》になり、とつぜん意識《いしき》がなくなって、入院《にゅういん》させられていたのだと。

「クルーは、きっと、うらぎられたと思《おも》っただろう」

カリスフォードさんはあつい涙《なみだ》をぬぐいました。

「わしがひきょうにも、ひとり逃《に》げだしたと」

「いいえ。父《ちち》は、信《しん》じていたと思《おも》います」

セーラはカリスフォードさんの手《て》をとりました。

「父《ちち》は大尉《たいい》ですから。どんなに苦《くる》しいときでも、あきらめたりしません。大好《だいす》きなお友《とも》だちのことを、最後《さいご》まで、信《しん》じていたはずです」

「そう言《い》ってもらえると、すくわれる。ありがとう。ありがとう、

セーラさん……！」

「わたしのほうこそ。あなたがたが助《たす》けてくださらなかったら、屋《や》

根裏《ねうら》の少女《しょうじょ》はどうなっていたか……」

「時間《じかん》はかかりましたが、カリスフォード氏《し》は事業《じぎょう》を成功《せいこう》させました。**その後《ご》、すばらしい鉱脈《こうみゃく》をみつけたんです！**」

弁護士《べんごし》のカーマイクルさんが陽気《ようき》に言《い》いました。

「質《しつ》のいいダイヤが山《やま》ほどある。その半分《はんぶん》は、セーラさん、あなたのものだ。**あなたは大金持《おおがねも》ちなのですよ！**」

「まあ！　なら、もうひとりの屋根裏《やねうら》の少女《しょうじょ》も、助《たす》けてあげられますね？　ベッキーも！」

「もちろん」カリスフォードさんは言《い》いました。「きみは、なんでも好《す》きにできる。でも、もしよかったら、**この屋敷《やしき》にきて、わたしといっしょにくらしてくれないだろうか。**きみの父上《ちちうえ》へのせめてもの恩《おん》がえしに」

「よろこんで。おとうさまのことを、聞《き》かせてください」

ああ、よかった。よかった！　おめでとう。

シャンパンのせんがぬかれます。ラム・ダスはごちそうの手配《てはい》にかかります。八人《にん》の子《こ》どもたちも呼《よ》びこまれました。末《すえ》っ子《こ》ぼうやは、六ペンスをあげたときに名前《なまえ》を聞《き》いておけばよかったとくやしがりました。

楽《たの》しいパーティーのようになった部屋《へや》に、いきなり、ゴホンといらだたしげな咳《せき》ばらいがひびきました。みんながふりむくと、戸口《とぐち》に、背《せ》の高《たか》い女《おんな》のひとがいます。

「ミンチン先生《せんせい》……どうしてここに？」

目《め》をまるくしたセーラをつめたくひとにらみすると、

「カリスフォードさま、ごきげんよう。わたくし、となりの女学校《じょがっこう》の校長《こうちょう》で、ミンチンともうします」

先生《せんせい》は、気《き》どったしぐさであいさつをしました。

「おお、あなたがそうですか。よいところにこられた。うちの弁護《べんご》士《し》がいまおたずねするところでした」

弁護士《べんごし》と聞《き》いて先生《せんせい》はまゆをひくっとさせました。

「セーラ！　いったい、なにをしたの？　おまえがこちらにずうずうしくおじゃましていると聞《き》いて、あわててむかえにきたんですよ。さ、帰《かえ》りますよ」

「ずうずうしく、なにかをしたのは、だれですかね？」
カーマイクルさんが、優秀《ゆうしゅう》な弁護士《べんごし》らしい、ぬけめのない顔《かお》つきをしました。
「罪《つみ》もない子《こ》どもに、ずいぶんと、あこぎなまねを、なさいませんでしたか、ミンチン先生《せんせい》？」

「わ、わたしは世話《せわ》をしましたよ！　きびしくしたこともあるけれど、子《こ》どもときたら、なにがためになるかわからないんですから！

もし、わたしがおいてやらなかったら、この子《こ》は町《まち》の片《かた》すみで飢《う》え死《じ》にしていたのよ！」

セーラは緑《みどり》の目《め》で先生《せんせい》をじっと見《み》つめました。

「先生《せんせい》。わたし、帰《かえ》りません。先生《せんせい》は、なぜわたしが先生《せんせい》のところに帰《かえ》りたくないか、よくごぞんじでしょう」

先生《せんせい》の苦《にが》りきった顔《かお》が、ぱっと赤《あか》くなりました。くやしまぎれに、わめきちらしました。

「おまえは、うぬぼれ屋《や》で、うそつきの恥知《はじし》らずです。自分《じぶん》のことを、公女《こうじょ》さまだなんて言《い》いはったりして！」

セーラは少《すこ》しはにかみました。

「ええ。わたし――**ほかのものに、なるまいとしたのです。**――どんなにみじめで、おなかがすいていても。けっして、ほかのものには、なるまいとしたのです」

ふぬけのようになって学校《がっこう》にもどってきた先生《せんせい》に、アメリアは、言《い》わずにいられませんでした。

「あの子《こ》にもう少《すこ》し、やさしくしてあげればよかったんです。あの子《こ》はおねえさんには、りこうすぎた。おねえさんは、あの子《こ》にかなわないから、こわくて、いじめずにいられなかったのよ」

19 アンヌ

こうしてセーラはふたたびしあわせになりました。

学校《がっこう》はおとなりなので、なかよしの友《とも》だちとも、いつでも会《あ》えます。大金持《おおがねも》ちのセーラとなら、なかよくしたがるひとが、また、急《きゅう》にふえました。

ミンチン先生《せんせい》も思《おも》うところがあったのか、とげとげしいところがだいぶまるくなったようです。

つらい思《おも》いをしたことも、おなかがすいて死《し》にそうだったことも、もう遠《とお》い国《くに》のお話《はなし》のよう。でも、あるとき、セーラは思《おも》いだしました。道《みち》で銀貨《ぎんか》をひろった日《ひ》のことを。

「あのパン屋《や》さんに、行《い》かせてください」

いまは父親《ちちおや》がわりになったカリスフォードさんに、事情《じじょう》を話《はな》しました。

「親切《しんせつ》なあのかたに、おねがいしたいんです。おなかをすかせた子《こ》がきたら、なにか食《た》べさせてあげてくださいって。お金《かね》はわたしが払《はら》いますから」

セーラはベッキーとカリスフォードさんと馬車《ばしゃ》にのって、パン屋《や》に行《い》きました。おかみさんは、美《うつく》しく着《き》かざったしあわせそうなセーラを見《み》ると、ちょっとおどろき、それから、はればれと笑《わら》いだしました。

「まあおじょうさま、よくいらっしゃいました。おしばらく。**アンヌ**、ちょっと、出《で》ておいで！」

奥《おく》からあらわれたのは、なんと、あの日《ひ》の女《おんな》の子《こ》。ガツガツとまたたくまにパンを五つも食《た》べた子《こ》です。

「あれから、ここを手伝《てつだ》ってもらってるんですよ。こう見《み》えて、気《き》がきいて、助《たす》かってます」

「アンヌ？　あなたは、アンヌっていうの」

セーラが手《て》をさしのべると、アンヌははにかみながら、手《て》を握《にぎ》りかえしました。

「……アンヌ、あなたに、おねがいしたいことがあります。おかみさんにたのもうと思《おも》っていたけど、あなたにするわ。だって、あな

たなら、知《し》っているもの。ひもじいということが、どういうことなのか。**どんなつもりになっても、たえきれないことが、ひとにはあるということを**」
ふたりの女《おんな》の子《こ》は、たがいにたがいの目《め》をしっかりと見《み》つめあいました。
「はい」アンヌはきっぱりとうなずき、答《こた》えました。
「はい、やります。させてくだ

さい」

「おお！　またひとり、よき魔法使《まほうつか》いが誕生《たんじょう》したね！」

カリスフォードさんが言《い》って、笑《わら》いました。みんなのあかるい笑《わら》い声《ごえ》が、つめたい霧《きり》をふきはらうようでした。

作者《さくしゃ》と物語《ものがたり》について

心《こころ》の王冠《おうかん》と六ペンス

編訳《へんやく》／久美沙織《くみさおり》

『小公女《しょうこうじょ》』の作者《さくしゃ》、バーネット夫人《ふじん》は、イギリス生《う》まれ。若《わか》いころ、おとうさんを亡《な》くし、16歳《さい》のとき、家族《かぞく》でアメリカに移住《いじゅう》しました。

セーラの物語《ものがたり》は、雑誌《ざっし》に掲載《けいさい》され、おしばいになって大《だい》ヒットしました。ファンの声《こえ》におされてお話《はなし》を書《か》きたし、現在《げんざい》の形《かたち》になったのです。それが1905年《ねん》のこと。ほぼ同時《どうじ》に日本《にほん》でも紹介《しょうかい》され、以来《いらい》、さまざまな翻訳《ほんやく》がなされ、映画《えいが》やアニメやドラマにもなりました。

物語《ものがたり》は、大金《おおがね》持《も》ちの娘《むすめ》セーラが、インドからロンドンの寄宿学校《きしゅくがっこう》にやってきたところからはじまります。かしこく、思《おも》いやりのあるセーラは、「公女《プリンセス》さま」と呼《よ》ばれて人気者《にんきもの》になります。ところが、11歳《さい》の誕生祝《たんじょういわ》いのさなか、運命《うんめい》が急転《きゅうてん》。パパが死《し》に、全財産《ぜんざいさん》を失《うしな》うのです。セーラをにくむミンチン校長《こうちょう》は、立《た》てかえていたお金《かね》のかわりだと言《い》って、セーラを使用人《しようにん》にしてこきつかいます。……かわいそうに！

チャップリンが映画《えいが》『ライムライト』で言《い》っています。

「人生《じんせい》に必要《ひつよう》なもの、それは、勇気《ゆうき》と想像力《そうぞうりょく》、そして少《すこ》しのお金《かね》」

セーラも、不運《ふうん》にうちのめされず、公女《こうじょ》のように気高《けだか》くあろうとします。バーネット夫人《ふじん》のねがいは、世界《せかい》から、ざんこくさや飢《う》えがなくなること。おおくの人《ひと》が、心《こころ》に王冠《おうかん》をいだき、ポケットにいつもパンを買《か》えるお金《かね》を持《も》つようになったら！

素敵《すてき》ですよね！

団地《だんち》で育《そだ》ったわたしには、天窓《てんまど》や屋根裏部屋《やねうらべや》が、あこがれでした。いつかうちにも、ラム・ダスさんに来《き》てほしいと思《おも》っていました。

あなたにも、お気《き》に入《い》りの場面《ばめん》やキャラクターができますように！

おしえてビリギャル先生《せんせい》!!

読《どく》書《しょ》感《かん》想《そう》文《ぶん》の書《か》きかた

坪《つぼ》田《た》信《のぶ》貴《たか》

1 ワクワク読《よ》みをしよう!

「読書感想文《どくしょかんそうぶん》を書《か》くために読《よ》む」とか「宿題《しゅくだい》だから」じゃなくて、まずは楽《たの》しく本《ほん》を読《よ》もう。今《いま》まで考《かんが》えたこともなかったようなふしぎな世界《せかい》がまってるよ。そして読《よ》む前《まえ》とくらべて、ずーっと世界《せかい》が広《ひろ》がって、頭《あたま》もよくなっているんだ。そんなすがたを想《そう》像《ぞう》してワクワクしながら読《よ》もう。

2 おもしろかったこと決定戦《けっていせん》!

本《ほん》を読《よ》みおえたら、なにがおもしろかったか(心《こころ》にのこったか)考《かんが》えてみよう。セリフでも、なんでもいいから、本《ほん》を見《み》ないで紙《かみ》に書《か》きだしてみて。おわったら、こんどは本《ほん》をめくりながら、「ああ、これもおもしろかった」というのをあらためて書《か》こう。「一番《いちばん》」おもしろかったこと決定戦《けっていせん》をするんだ。

3 作戦《さくせん》をたてる(下書《した》きをする)!

感想文《かんそうぶん》は、4つの段落《だんらく》にわけて書《か》くとうまくいくよ。【第《だい》一段落《だんらく》】は、この本《ほん》を読《よ》むきっかけや、そのときの出来事《できごと》。【第《だい》二段落《だんらく》】は、あらすじ。【第《だい》三段落《だんらく》】は、2で決《き》めた一番《いちばん》おもしろかった(心《こころ》にのこった)こと。【第《だい》四段落《だんらく》】は、この本《ほん》を読《よ》んで、どんなことに気《き》づいたか、どんなことを学《まな》んだか、世界《せかい》がどう広《ひろ》がったか、自分《じぶん》がどうかわったか。

それぞれの段落《だんらく》に書《か》くことを、メモするようにかんたんに下書《した》きしよう。

下書《したが》き

- この本《ほん》に出会《であ》ったきっかけは?

ママが子《こ》ども時代《じだい》に読《よ》んだなかで、いちばん好《す》きなお話《はなし》だったから。

- この本《ほん》のあらすじは?

パパが死《し》んで、ひとばんで大金持《おおがねも》ちからびんぼうになった女《おんな》の子《こ》の物語《ものがたり》。

- 一番心《いちばんこころ》にのこったところは?

アーメンガードがセーラに「もう一度《いちど》友《とも》だちにして!」とたのむところ。きずついたセーラの心《こころ》をすくった。

- この本《ほん》を読《よ》んで自分《じぶん》はどうかわった?

わたしもアーメンガードみたいに、なにがあってもかわらず友《とも》だちとなかよくしたい!

作家《さっか》になったつもりで書《か》いてみよう！

ここからが本番《ほんばん》だ。まずは「タイトル」決《ぎ》め。みんなが「お！」と思《おも》うようなオリジナルのタイトルをつけてみよう。そして、【一文目《ぶんめ》】がすごく大事《だいじ》。自分《じぶん》が作家《さっか》の先生《せんせい》になったつもりで命《いのち》がけで書《か》いてみよう。

なにがあっても友《とも》だちだよ！『小公女《しょうこうじょ》セーラ』

三年《ねん》一組《くみ》　来田《くるた》せいら

「子《こ》ども時代《じだい》、いちばん好《す》きだったお話《はなし》がこれ」と、ママは『小公女《しょうこうじょ》セーラ』をわたしにプレゼントしてくれた。

この本《ほん》は、パパが死《し》んで、ひとばんで大金持《おおがねも》ちからびんぼう人《にん》になった元《もと》おじょうさま・セーラのお話《はなし》。

いちばん心《こころ》にのこったのは、アーメンガードがセーラに「もう一度《いちど》友《とも》だちにして！」とたのむところ。びんぼうになったセーラが、きゅうにアーメンガードをさけだしたから、こう言《い》ったんだけど、この子《こ》すごくいい子《こ》だと思《おも》う。セーラがびんぼうになっても、ぜんぜんたいどをかえないんだもん。それって、きっとセーラがいつもアーメンガードにやさしくしてたからじゃないかな。

わたしも親友《しんゆう》の雨《あめ》ちゃんにとって、こんな友《とも》だちでいたい。どんなことがあっても、ずーっとかわらないんだ！

さいごに読《よ》みかえそう！

さいごに自分《じぶん》の書《か》いた文章《ぶんしょう》を読《よ》みかえしてみよう。その感想文《かんそうぶん》を読《よ》む人《ひと》の気持《きも》ちを考《かんが》えながら、読《よ》みかえして、より楽《たの》しく読《よ》んでもらえる表現《ひょうげん》はないか、まちがった言葉《ことば》はないかなどを考《かんが》えてみよう。

これで、もうあなたも感想文《かんそうぶん》マスターです。どんどん本《ほん》を読《よ》んで感想文《かんそうぶん》を書《か》いてみてくださいね。

もっとくわしく知《し》りたい人《ひと》は…

「100年後《ねんご》も読《よ》まれる名作《めいさく》シリーズ」のページで、ビリギャル先生《せんせい》が教《おし》える動画《どうが》が見《み》られるよ！→ https://www.kadokawa.co.jp/pr/b2/100nen/

おうちの方へ

いま、100年後も読まれる名作を読むこと

坪田信貴（坪田塾・N塾代表）

映画にもなったビリギャル＝『学年ビリのギャルが1年で偏差値を40上げて慶應大学に現役合格した話』著者。自身の塾で1300人以上の生徒の偏差値を急激にのばしてきたカリスマ塾講師。

●「正解」のない人生。しかし一つ、「正解」があります

世の中に「つねに正解」というものはなかなかありません。しかし、本書をお子さんが手に取り、何度も読むとしたら、それはまちがいなく「正解」です。

ぼくは、1300人以上の子どもたち一人ひとりを「子別」指導してきたこれまでの経験と理論から、この「100年後も読まれる名作」シリーズを監修しました。その上で、この本を強烈に推薦させていただきたいと思います。

●人生は、名作に出会うことで大きく変わる

そもそも人生は、〝だれと出会うか〟によって決まります。

そして、その「だれ」が、「〝良質なもの〟にたくさんふれてきた人」や「〝良質なもの〟を生み出したその本人」であれば、人生はよりよきものになります。

では、〝良質なもの〟とはなんでしょう？――それこそが、本シリーズが「この物語なら100年後も読まれているだろう」と厳選した名作です。

名作と呼ばれる物語は、人類にとって、普遍的に価値があるものです。

読書をすることで、そんな価値あるものを生み出した天才である作者の頭の中をのぞき、その作者と対話できるのです。

若くして名作に出会うことは、若くして歴史上の天才たちと語らうことなのです。

●名作に出会わせることが、子どもの底力を作る

国語の能力は、今後の受験勉強をふくめたすべての学習の基礎となります。

若くして名作の名文にふれることで、語彙がふえ、読む力が高まり、想像力がゆたかになり、数多くのすばらしい表現を学べます。

なによりすぐれているのは、それを「何度でも」、好きなときに学べることです。

古今東西で評価されてきた名作を好きになり、何度も読みかえすことは、とても自然なことで、それを通じて、「勉強を復習する習慣」も身につきます。

しかも本シリーズは、現代の子どもたちが好むイラストをふんだんに掲載し、お子さんが想像力や発想力を育むことを楽しく手助けしてくれます。そして、活字が苦手な子でも「読書が楽しく」なるよう、日本トップクラスの翻訳者・作家が、細心の配慮をもって執筆しています。

お子さんが、小学生のうちに「読みやすく、楽しい名作」で読書の虫になれば、きっとそのお子さんの人生は名作をなぞり、その人生が名作となります。

そして良書をあたえることができた親御さんや先生は、そのきっかけを生み出した作者となれるのです。

ぜひ本書で、お子さんたちに、歴史上の天才たちと対話をしていただければ、と考えます。

笑い猫の5分間怪談

④真冬《まふゆ》の失恋《しつれん》怪談《かいだん》

作／那須田 淳　絵／okama

はじめのお話《はなし》をちょい読《よ》み！

人気《にんき》ナンバーワン No.1

ねこなめ町《ちょう》には「笑《わら》い猫《ねこ》」のうわさがある。

満月《まんげつ》の夜《よる》の、深夜《しんや》0時《じ》に出《で》るそうよ。

でもほんとは、時間《じかん》なんて関係《かんけい》ないみたい。満月《まんげつ》どころか、お日《ひ》さまがのぼってても、のこのこ平気《へいき》で出《で》てくるらしい。それもきまって、猫《ねこ》にまつわる名前《なまえ》の場所《ばしょ》に。

まったく、でたらめすぎる猫《ねこ》でしょ。

電車《でんしゃ》に化《ば》けて乗《の》ってきた人《ひと》をまるごと飲《の》みこんだり、歯医者《はいしゃ》さんになってききたくもない怪談《かいだん》をいやっていうほどきかせたり。そのうえ、うかんでは消《き》えて、にやにや笑《わら》うんですって。

子《こ》どもっぽいうわさ……ほんとバカまるだし。

うちのクラスの三池《みいけ》タクトがそんなウソをついてたわ。四年生《ねんせい》にもなってどうしようもないやつね。

でも、まあそんな猫《ねこ》がいるなら、出《で》てきてほしい。

それで…町《まち》じゅうめちゃくちゃにして、きょうあったことをぜんぶなかったことにしてほしい！

……ってなにムチャいってるの、わたしったら。

英会話教室《えいかいわきょうしつ》の帰《かえ》り道《みち》だった。わたしはのろのろとショッピングモールKOTATSU《コタツ》の時計広場《とけいひろば》を歩《ある》いていた。

きょうはクリスマスイブ。お店《みせ》はどこもぴかぴかにかざりつけられている。たのしげな音楽《おんがく》に、なかよく歩《ある》くカップル……カップル……カップルカップルってどんだけカップルがいるの！

それなのに……ああ、もうわたしの人生《じんせい》おわった……

失恋《しつれん》したんだ、きょう。それも、とんでもないフラれかたで。

きっかけは、英会話教室《えいかいわきょうしつ》にまちがったノートをもってきたこと。

いつもどおり、授業《じゅぎょう》がはじまる前《まえ》に、参考書《さんこうしょ》とノートをつくえに出《だ》して、お手洗《てあら》いに行《い》ったの。

もどってきたら、わたしの席《せき》のまわりに人《ひと》だかりができていた。

——おー、黒井《くろい》アリサ大先生《だいせんせい》が帰《かえ》ってきたぞー。

男子《だんし》のひとりがにやにや笑《わら》いながら、緑色《みどりいろ》のノートをふってみせた。『Love Forever《ラブ フォーエバー》 〜この愛《あい》をわすれない⑭〜』と表紙《ひょうし》に書《か》かれたわたしの小説《しょうせつ》ノートだ。

——すごいな、これ。主人公《しゅじんこう》も黒井《くろい》アリサで、作者《さくしゃ》も黒井《くろい》アリサ。

——⑭巻《かん》もあるのか。①巻《かん》から読《よ》ませてくれよ。

——さすが英語《えいご》がとくいな黒井《くろい》だな。ラブ・フォーエバーって！

どっと笑《わら》いがおきた。

——この、主人公《しゅじんこう》のおさななじみで生《い》き別《わか》れの兄《あに》で運命《うんめい》の人《ひと》・小山田陸《おやまだりく》って、まさかあの小山田《おやまだ》さんのことか？

わたしは、はずかしさとくやしさでわなわなとふるえた。

四年生《ねんせい》なのに飛《と》び級《きゅう》で高学年《こうがくねん》クラスに入《はい》ったくらい成績《せいせき》もよくて、だれからもバカにされたことなんてなかったのに。

——あ、小山田《おやまだ》さん。黒井《くろい》が小山田《おやまだ》さんのことが好《す》きだって！

教室《きょうしつ》の前《まえ》を通《とお》りかかった中《ちゅう》一の小山田陸《おやまだりく》さんがびっくりした顔《かお》で、えー？　とききかえした。

——ごめん。おれ、好《す》きな子《こ》いるんだ。

えええっ!?

ショックでたおれそう！　そこへ、となりの男子《だんし》がおいうちをかける。

——小山田《おやまだ》さん、鈴村《すずむら》ミサキが好《す》きなんだよ。

ええええええっっ!!

鈴村《すずむら》ミサキ……どこがいいの、あんなの……わたしよりひとつ上《うえ》の五年生《ねんせい》のくせに塾《じゅく》で一番《いちばん》おバカで、いつのまにかやめちゃった子《こ》……

あ〜〜！　いやだ!!　あ〜〜！　ふゆかい!!

「こんな町《まち》、笑《わら》い猫《ねこ》に占領《せんりょう》されちゃって、わたしもあの子《こ》もみんなまとめてひどいめにあえばいいんだわっ！」

顔《かお》をあげて、おもいっきりさけんだ。

「おい、なにさわいでんだ、黒井《くろい》？」

ききおぼえのある声《こえ》がしてふりかえる。

そこには、同《おな》じクラスの三池《みいけ》タクトがへらへら笑《わら》って立《た》っていた。

しかも、となりで、あの鈴村《すずむら》ミサキが手《て》をふっている！

そういえば、このふたり、いとこ同士《どうし》だったわ！

「なんのこと？」耳《みみ》もとの髪《かみ》をさっとはらう。

「え？　いま、めちゃくちゃぶっそうなこと大声《おおごえ》でいってたじゃん」

三池《みいけ》タクトがアホづらできききかえす。

「**は？**　だから、なんのことよ？」

どこまでおバカなの！　空気《くうき》をよみなさい!!

「黒井《くろい》アリサちゃんだよね？　あたし、英会話教室《えいかいわきょうしつ》でいっしょだったミサキだよ。おぼえてる？」

いわれなくても知《し》ってるわ！　あなたも空気《くうき》をよみなさい!!

なにもいわずにくるりと背《せ》をむけ、歩《ある》きだそうとすると、鈴村《すずむら》ミサキが両《りょう》手《て》でわたしのうでをガシッとつかんだ。

「アリサちゃん、いっしょーのおねがい!!　つきあってくれないかな」

「な、なに！　ちょっとやめてくれませんか！」

「ごめんね、限定《げんてい》消《け》しゴム買《か》いたいんだけど、一人《ひとり》二個《こ》までなんだよ。アリサちゃんがいたら、あたしたち三人《にん》で六《むっ》つ買《か》えるの。おねがい!!」

はあ？　なんでわたしが……

「ミサキちゃん、あしたのクリスマスに、消《け》しゴムで好《す》きな人《ひと》に手作《てづく》りプレゼントをあげたいんだって」

三池《みいけ》タクトが鼻《はな》をほじりながらいった。

好《す》きな人《ひと》に手作《てづく》りプレゼント！

ムカムカとまっ黒《くろ》い気持《きも》ちがこみあげてきた。

わたしいかない！　といいかけて、ミサキの『六《むっ》つ』という言葉《ことば》にふいにひっかかる。

六《むっ》つ…？　六《むっ》つも消《け》しゴムを買《か》って、一体《いったい》なにを作《つく》るつもりなの。

それに、この子《こ》の好《す》きな人《ひと》ってだれだろう……。ていうか、小山田《おやまだ》さんだったらどうしよう！

「……しょうがないわね。じゃあつきあってあげる」

「ほんと？　ありがとー！」

ミサキは声《こえ》をはずませると、エスカレーターわきのワゴンに山《やま》とつまれたサンタすがたのネコのぬいぐるみを手《て》にとった。

「これもいっしょにプレゼントしちゃおっかな。メリークリスマスってしゃべるぬいぐるみなんだって」

ダッサいぬいぐるみ！　小山田《おやまだ》さん、絶対《ぜったい》こんなの好《す》きじゃないわ！

「カレ、ネコが好《す》きなの」

うそでしょ！　そんなのぜんぜん知《し》らなかった!!

……いいえ、おちつくのよ、わたし。まだ鈴村《すずむら》ミサキが、小山田《おやまだ》さんを好《す》きと決《き》まったわけじゃないんだから。

ミサキにふりまわされてゼーハーいってるわたしのとなりで、三池《みいけ》タクトが、「あれ？　これだけガラがピンクだぞ」と、ネコのぬいぐるみを手《て》にとり、ひゃあっ！とかんだかい声《こえ》をあげた。

「なに!?　きもちわるいわね！」

「な、なんでもない。あ、これもってて。ぼく、トイレ。もれそう」

タクトはわたしにぬいぐるみをひょいとあずけて、やけにぎくしゃくと、むこうに歩《ある》いていった。

「まったく下品《げひん》ね。ちゃんと手《て》を洗《あら》ってくるかしら」

わたしは眉《まゆ》をひそめ、タクトがよこしたぬいぐるみをかかげて見《み》る。

なんだかへんなぬいぐるみね。このなかでも、ひときわダサい。**モフモフしていて顔《かお》がでかくて口《くち》もでかい。**

それに**ピンクのネコ**なんておかしいわ。

そう思《おも》ったとき、サンタのかっこうをした笑《わら》い猫《ねこ》がにやっと笑《わら》った。

「**メリークリスマス、ラブ・フォーエバー**」

ドキッとして、ぬいぐるみをぽいっとほうりなげた。

そのとき、いままでながれていた楽《たの》しげなクリスマスソングが、とつぜんぐにゃりとゆがんだ気《き》がした。

ピンクの毛《け》なみの笑《わら》い猫《ねこ》は　みんなのあこがれ人気者《にんきもの》
きこえてくるぞゴロゴロと　ジングルベルの猫《ねこ》ののど
あしたはひとりクリスマス　さびしい君《きみ》にプレゼント
いつもの百倍《ばい》おもしろい怪談《かいだん》を　笑《わら》い猫《ねこ》フォーエバー

「**いやあああああ！**」

どこからかきこえてきたブキミな歌《うた》に、鈴村《すずむら》ミサキが両耳《りょうみみ》をおさえてその場《ば》にしゃがみこむ。

「**笑《わら》い猫《ねこ》がでた！**　ヤバい！　おわった!!」

「なにバカいってるの。それは三池《みいけ》タクトのウソ話《ばなし》でしょ」

「ウソじゃないの！　だってあたしも会《あ》ったことがあるんだもん!!」

鈴村《すずむら》ミサキがゆびさしたほうをみて、わたしは、あっと声《こえ》をあげた。

さっきのサンタ猫《ねこ》のぬいぐるみが、むくりと立《た》ちあがったからだ。

こちらにむかってとことこと歩《ある》いてくると、目《め》の前《まえ》でぴょんととびあがる。おもわずキャッチするわたし。

「**メリークリスマス、ラブ・フォーエバー**」

うっ、またいった、ラブ・フォーエバーって！

何《なに》このオモチャ！　なんでこんなにわたしの傷《きず》をグサグサえぐるの!?

「うるさいわね、こいつ！　こわれてんじゃないかしら」

「こわれてるのは、おまえのほうだ、ラブ・フォーエバー」

サンタ猫《ねこ》はゆっくりと顔《かお》をこちらにあげた。

ムッカ〜！　しつこい!!

わたしはぬいぐるみを、だまらせようとぶんぶんふってみた。

ミサキがのけぞるようにして、

「ヒエ〜〜ッ」

と、かぼそい声《こえ》をあげる。

「だからなによ、さっきから」

「あ、アリサちゃん、そ、それは……やめたほうがいいと思《おも》う、うん」

みょうに力強《ちからづよ》くうなずくミサキによけいムカついて、わたしはぬいぐるみをもっとらんぼうにふりまわす。

「**ぎゃふぎゃふぎゃふぎゃふっ**」

サンタ猫《ねこ》はずらりとならんだギザギザの歯《は》をガチガチといわせた。

「ヒエ〜ッ、よろこんでる！　笑《わら》い猫《ねこ》の笑《わら》い声《ごえ》、はじめてきいた!!」

鈴村《すずむら》ミサキがかぼそい声《こえ》でまたわけのわからないことをいう。

「もっと！　もっとだ！　もっとふれ、フォーエバー!!!」

ぬいぐるみの猫《ねこ》がきゅうに顔《かお》を近《ちか》づけてきて、口《くち》をパカッと大《おお》きくあけた。

「**ぎゃふ！**」

鼻《はな》さきでギザギザの歯《は》がガチンとかみあった。

な、なにいまの？　もしかしてわたしのこと、かもうとした？

やっと気《き》がついた、おかしなことに。

これがうわさの笑《わら》い猫《ねこ》なんだ！

とたんに冷《ひ》や汗《あせ》がどっとふきだしてくる。

いそいでワゴンに笑《わら》い猫《ねこ》をもどすと、ミサキがわたしの手《て》をぎゅっとにぎってささやいた。

「笑《わら》い猫《ねこ》のきげんがいいうちに、このままそーっと立《た》ちさろう」

わたしとミサキは、ゆっくりあとずさろうとした。

「オニごっこか。まてまていそぐな」

笑《わら》い猫《ねこ》がにやっと笑《わら》い、むくむくとからだをふくれあがらせた。

「たのしい怪談《かいだん》オニごっこをはじめるとするか。こわくておもしろい話《はなし》をたっぷりきかせてやろう」

するとワゴンのなかのぬいぐるみたちが、くるりくるりと回転《かいてん》しはじめた。

オセロの色《いろ》がパタパタかわるようにサンタ猫《ねこ》がサンタ笑《わら》い猫《ねこ》に変身《へんしん》していく。

「**一対《たい》二じゃ不公平《ふこうへい》だ。百対《たい》二がちょうどいい**」

百対《たい》二のどこが公平《こうへい》なのよ！　ずるい！　そんなのずるいわ！

百匹《びき》の笑《わら》い猫《ねこ》が、いっせいにぴょんぴょんとワゴンからとびおりてきた。

「わああ！　アリサちゃん、にげよう！」

ミサキにせかされて、わたしはあわてて走《はし》りだす。

「さあにげろ、どこまでも。この足音《あしおと》の怪談《かいだん》を語《かた》りおえたら、百匹《びき》のおれが君《きみ》たちを追《お》いかけるぞ」

うしろで笑《わら》い猫《ねこ》のたのしげな声《こえ》がひびいた。

※掲載《けいさい》にあたって本文《ほんぶん》を一部《いちぶ》省略《しょうりゃく》・変更《へんこう》しています。

キャラぱふぇブックスシリーズ

人《にん》気《き》キャラのなぞなぞであそんじゃおう♪

みんなが好《す》きなキャラクターと、楽《たの》しくあそべるなぞなぞがいっしょになった本《ほん》をご紹介《しょうかい》！

どちらの本《ほん》にも全部《ぜんぶ》で222問《もん》のっているから、お友達《ともだち》やお家《うち》の人《ひと》とたくさんあそんでね★

すみっコぐらし ～なぞなぞなんです～

好評発売中《こうひょうはつばいちゅう》！ 定価《ていか》（本体《ほんたい》800円《えん》＋税《ぜい》）

なぞなぞにチャレンジ！1

※答《こた》えはこのページの下《した》にあるよ。

1 とても寒《さむ》いけど、安心《あんしん》する音楽《おんがく》が流《なが》れている場所《ばしょ》はどこかな？

2 とってもすっぱそうな小説《しょうせつ》ってなぁに？

なぞなぞリラックマ

好評発売中《こうひょうはつばいちゅう》！ 定価《ていか》（本体《ほんたい》800円《えん》＋税《ぜい》）

なぞなぞにチャレンジ！2

3 わたはわたでもあまくてたべられるわたってなーんだ？

4 あたまの「お」をとるとあたためるきかいになるフルーツはなあに？

KADOKAWA 発行：株式会社 KADOKAWA

なぞなぞの答《こた》え 1 北極《ほっきょく》 2 推理小説《すいりしょうせつ》 3 わたあめ 4 オレンジ

100年後も読まれる名作 8
小公女セーラ

2018年4月27日　初版発行

作……F・H・バーネット
編訳……久美沙織
絵……水谷はつな
監修……坪田信貴

発行者……郡司 聡

発行……株式会社 KADOKAWA
〒102-8177　東京都千代田区富士見 2-13-3
電話 0570-06-4008（ナビダイヤル）

印刷・製本……大日本印刷株式会社

ISBN978-4-04-893511-1　C8097

「100 年後も読まれる名作」公式サイト　http://www.kadokawa.co.jp/pr/b2/100nen/

カラーアシスタント　Noah、ザシャ
デザイン　みぞぐちまいこ（cob design）
編集　田島美絵子（電撃メディアワークス編集部）
編集協力　工藤裕一　黒津正貴（電撃メディアワークス編集部）

アンケートはがきをきって
編《へん》集《しゅう》部《ぶ》におおくりください。

ぬりえも
ぬってみてね♪

切手をはって
おくってね

郵便はがき

102-8584

東京都千代田区富士見 1-8-19
KADOKAWA　電撃メディアワークス編集部
100年後も読まれる名作
アンケート係

住所、氏名を正しく記入してください。
おうちの人に確認してもらってからだしてね♪

住所	〒□□□-□□□□　都道府県　市区郡	
	フリガナ	
氏名		
性別	男・女	年齢　才　学年　小学校・中学校（　）年
電話	（　　）	
メールアドレス		
今後、本作や新企画についてご意見をうかがうアンケートや、新作のご案内を、ご連絡さしあげてもよろしいですか？	（はい・いいえ）	

※ご記入いただきました個人情報につきましては、弊社プライバシーポリシーにのっとって管理させていただきます。
詳しくは http://www.kadokawa.co.jp/ をご覧ください。

キリトリ

キリトリ

あなたの声をきかせてくださぃ！

「小公女セーラ」をお買いもとめいただき、ありがとうございます。みなさんのご意見をこれからの参考にさせていただきたいと思いますので、下の質問におこたえください。

❶あなたは「100年後も読まれる名作」の何巻をもっていますか？

1．ふしぎの国のアリス　2．かがみの国のアリス　3．美女と野獣　4．怪人二十面相と少年探偵団
5．ドリトル先生航海記　6．くまのプーさん　7．赤毛のアン　8．小公女セーラ

❷この本をえらんだのは、どなたですか？

1．お子さんご本人　2．父　3．母　4．祖父母　5．その他（　　　　　　　　　　　　）

❸この本をえらんだりゆうをおしえてください。（いくつでもOK）

1．あらすじがおもしろそう　2．表紙がよかったから　3．タイトルがよかったから
4．勉強（宿題）にやくだちそうで　5．さくさく読めそう　6．巻頭のマンガが気にいって
7．ポスターがついていたから　8．カラー絵だったから　9．さし絵がたくさんあるから
10．外国のお話が読みたかったから　11．名作が読みたかったから　12．学校の朝読用に
13．書評を読んで　14．値段がお手ごろだから　15．ビリギャル先生が監修してるから
16．この訳者のほかの本が好きで　17．大人にすすめられて　18．友だちにすすめられて
19．その他（　　　　　　　　　　　　）

❹この本の感想についておしえてください。

1．内容は？（A．おもしろい　B．ふつう　C．おもしろくない）
2．レベルは？（A．やさしい　B．ちょうどいい　C．むずかしい）
3．お話の長さは？（A．長い　B．ちょうどいい　C．みじかい）
4．さし絵は？　お子さんの感想（A．すき　B．ふつう　C．あまりすきじゃない）
　　　　　　　おうちの方の感想（A．よい　B．ふつう　C．あまりよくない）

❺あたらしい巻やほかの巻も買ってみたいと思いますか？（　はい　・　いいえ　）

❻好きな本のシリーズやまんが、アニメ、ゲームがあればおしえてください。

（　　　　　　　　　　　　）

❼「100年後も読まれる名作」をなにでしりましたか？

1．本屋さんでみて　2．本に入っているチラシで　3．インターネット
4．学校・公立図書館　5．雑誌をみて（雑誌名　　　　　　　　　　　　）
6．その他（　　　　　　　　　　　　）

❽この本をだれかにオススメしたいですか？（　はい　・　いいえ　）

「はい」とこたえたあなた、**この本のうわさをゼッタイひろめて！**

『100年後も読まれる名作』へのご意見やご感想を自由にかいてください。イラストでもいいですよ。

・この欄に書かれたメッセージを「100年後も読まれる名作」の本、HP、チラシ、宣伝物等で紹介してもいいですか？

□名前を出して掲載可　□ペンネーム（　　　　　　　　　）なら掲載可　□不可

※おうちの人に確認してもらってね♪

キリトリ